面

DeDans

[法] 埃莱娜·西苏 著
王明睿 译

北京联合出版公司
Beijing United Publishing Co.,Ltd.

图书在版编目(CIP)数据

在里面 / (法) 埃莱娜·西苏著 ; 王明睿译.
北京 : 北京联合出版公司, 2025. 8(2025.9 重印). —
ISBN 978 - 7 - 5596 - 8191 - 1

Ⅰ. I565.45

中国国家版本馆 CIP 数据核字第 2025JR9441 号

北京市版权局著作权合同登记　图字:01-2025-0581

在里面

作　　者:[法] 埃莱娜·西苏
译　　者:王明睿
出 品 人:赵红仕
出版统筹:杨全强　杨芳州
责任编辑:高霁月
特约编辑:金子淇
装帧设计:刘苄伶　刘苄俐 @out. o studio

北京联合出版公司出版
(北京市西城区德外大街 83 号楼 9 层　100088)
北京联合天畅文化传播公司发行
北京启航东方印刷有限公司印刷　新华书店经销
字数 79 千字　889 毫米×1194 毫米　1/32　6. 25 印张
2025 年 8 月第 1 版　2025 年 9 月第 2 次印刷
ISBN 978 - 7 - 5596 - 8191 - 1
定价:42. 00 元

目录

太阳先前落在我们的起始之处，如今升起在我们的终结之时。我生在东方，死于西方。世界不大，时间不长。我在里面。人们说爱情如死亡一般强大。其实是死亡如爱情一般强大，我在里面。而生命比死亡更强大，我在里面。但是上帝比生命和死亡都要强大。人们说生命和死亡受语言掌控。在我的地狱花园里，词语是我的弄臣。我坐在火焰王座上，听着自己的语言。曾经有过真理，从太平洋的海岸蔓延到地中海的港口。我在同样的水里泡了三次、淹了三次。只剩下我的地狱花园；在这里，我的三次死亡把各自的词语和画面混在一起，供我消遣。我会笑，会哭，也会遗忘；通常，我是记得住的。树木稳住了我。它们在哪儿都是一样的，无论是在非洲还是加利福尼亚。我之所以笑，是因为词语。

一

我的房子被包围了。四周都是铁丝网。在里面，我们生活着。在外面，他们有五万人，包围着我们。在里面，我还是在我们家里：我确定他们不敢进来。但是我每天都得出门。我不怕，我习惯了，于是就这样了，而且很久以前我就再也不消耗自己去对抗必然之事了：什么都不会改变。要么我死，要么那五万个人去死——这是不可能的。我以前还注意到，死亡的降临是没有章法的。

我们还没有完全被包围的时候，一个旧日的老女友每个月都来看我们，表示关心。她住得不远，在一条以花为名的街上，她的房子里住着她的哥哥们，这些老男人留着胡子，嗓门很大，耳朵不好使。也许她感到自己需要来，因为我们能听明白她在说什么。我说起她，是因为她每个月都会告诉我们当地的死亡情况。她一一列举着名字，摇摇晃晃地，椅子嘎吱作响，她叹口气说："走的都是最好的。"眼泪缓缓滚落到她皮肤上皱起的沟壑里，在一个个的坑洼里积起了微小的湖泊，那些坑洼是一场没有将她带走的梅毒留下的。我当时没有体会，听到这句话笑了起来，又愤怒地哭了起来。我不希望这句话是真的，但我害怕它是真的。于是我争辩道："可是您还没有死。"那么，她什么时候会死呢，嗯？所以说她不属于最好的那群人吗？我推推她，她心神不宁，椅子嘎吱作响，她随后叹了口气，悄悄对我说："上帝的心思秘而不宣。"这让她不必因为羞愧或者死亡而谴责自己，却弄得我忧心忡忡。我的父亲死了，因为他是最好的。有一天，我取消了表示原因的连词，宣告道："我的父亲死了……他是最好的。"后来我辩护的技巧高明了一些，便说："我的父亲死了。他是最好的。"于是我发现，从生到死的通道不是一扇能够打开再关上的门。我说："我死去的父亲是最好的"；是想说："无论是在活人中还是在死人里，我的父亲都是最好的。"从这个宣告起，我就开始等他来找我，在怀着无限期待的时刻里，等待他最终回来。在此期间，那位老女友、她的两个老哥哥、那条街和他们的房子，先后死去了。我从此再也不知道一个月的三十天里谁死了，不过这并不重要，因为其实我也不认识那些死去的人。我也不再试图去知道死亡是否能够感知时间、青春、年迈；我从来都不怕死；我没有什么东西好失去了，也没有什么人好失去了。

如果弟弟死了，我也会死，因为不会再有人希望我活着或是想跟我说话了。我和弟弟，我们活着。我们互相证实：我等会儿再说是怎么做的，我得先出个门。这倒不是别人强迫我的。我可以永远都不打开大门，房子是挺得住的。我可以在这里成长、老去，直到最后也不出门：在这个被铁丝网围住的地方，有一切我们存活的必需品。我们什么都不缺，除了乳制品，不过没有这个一点儿也不妨碍成长。我们被剥夺的是宽广的土地，而不是开阔的视野。如果可以看到无边无际的天空，便能适应窄小的土地。这幢房子不是很小也不是很大。我们每个人都有自己的房间。房间相互背对着。每个人都在自己的房间里。父亲和母亲的房间现在属于我们。父亲死了，处处留有痕迹。母亲人年轻，我们觉得她长得不错；一段时间以来，她不再属于我们了。她满脑子都是数字、目标和计划。未来把她的心思从我们这里夺走了。我们停留在当下，但是不知道她在哪个时刻。起先，我们把她的分心当作一种对过去的寻找。她总是对我们微笑，可目光却落在我和弟弟之间的空隙里：我们觉得她在看我们中间的父亲。我们感到嫉妒，但是又伤心，并确信她在看父亲，于是不去阻止她。十五年前，我们还不认识彼此的时候，他们应该在一起，在那儿，在北方、在还没有打仗的时候。

我们一动不动，保护着彼此身体之间的空当，让父亲进来，而我们看不见他。没有人说话。随后母亲跳起来，所有思绪都梳理得当，眼神清澈无影，这时我们该分开了。母亲消失了，她从来没有任何要求，做事匆匆忙忙，物体在她的指间快速移动，她会忘记说话，所以她不在的时候，只留给我们脚步的回声。我们无拘无束。母亲径直走向未来，而我们还待在原地。

我其实可以待在里面。但是我决定每天都出门，即便没有任何一条政令规定我必须这么做，因为那天我意识到占据母亲思绪的不是父亲。我发现她把我们的过去引入了歧途，我很生气，又心生恐惧，不知道还能相信谁，就更生气了，这愤怒将我引向危险的地步；母亲剥夺了我们的权利。她不再知道父亲是从哪里来的，不知道他在哪里。她对于昨日只保存了自己的童年、少女的梦、异乡的蜜月，在那异乡，好像父亲的色彩比不上布匹的大红染色艳丽，风景如画的小道上两个人走起来太拥挤了。当时她二十五岁，生活便利、物资充沛。后来，有了战争和我们。她就此停下。在她和我们之间是我们和战争。父亲也许在某个远离我们的地方死了，死在我们出生之前，没有跟任何人说任何话，像是没有告知我们就死去了。那位老女友来为我们哭泣。看着她因我们流泪、听着她因我们呻吟，令人宽心。我当时太小、太冷漠，无法一直伤心下去。她的躯体是一座哀悼花园；我想睡在她无力的臂弯里，睡在她的眼泪下。在我下蹲、挤压的身体里，我那变形的灵魂尝试着各种可能，而哭泣的人弄湿了空气，用巨大的响动驱赶寂静。也许我在期待一个示意或者一个建议？也许消息刚传来时父亲留下的空白里便填满了意义？也许我错误地以为是自己做了选择，也许是我灵魂里父亲身体的痕迹塑造了我的计划？也许词语只是随着父亲的嗓音在我身上刻下的寂静弧线？重要的是，当这位老女人沉默的时候，我觉得自己明白了。老女人哀号着对我唱着一则预言："再也不会了，你再也不会为他打开大门，"她抑扬顿挫地说，"你再也不会为他关上大门了。"

我和弟弟坐在各自的房间里。这时他要来了。大门在小路的那头，锁着挂锁、带着刺，虽然生了锈，但还是有保护作用的。挂锁上的钥匙比我的手还要大，比轻抚我掌心的书本还要重。我喜欢看书。在词语里，我走向远方，走向任何一个人类都没有去过的远方。我该如何打开自己这里的大门？该如何用我忙碌的双手抓住那把钥匙？而且我听不到，我离得太远了。可能父亲就在大门前，可能他在喊我，可能他的女儿听到了他的嗓音，但是我什么都听不到，我离得太远了。一场突然的归来就会杀死我。人们不会要求一个孩子从屋顶跳下，好像大地就在他脚边。父亲只要来找我就行了。为什么弟弟不去开门？为什么是我？我害怕，但更高兴；我的渴望比父亲更强烈。我不会去开门。弟弟气急败坏，但是比起生气来，他更是爱得急切。他要去开门，可边走边说他有一天会杀了我；弟弟希望父亲不再出现，好干脆利落地杀掉我。

老女人的嗓音停止说话时，我看到自己站在大门前。我的身体蹲在房间里，胳膊环抱着膝盖，赤裸的双脚温热了踩着的方砖地；在父亲的房间里，我像是受罚的小姑娘。不过我后来发现了自己灵魂的特质和语言。我第一次和其他一切分开来，决定改变一切。我的灵魂是一个牢不可破的透明固体。它在时间和空间里纹丝不动：它挑战性地对待自己，总是想方设法地去做超出理智、超越身体的事。如果我不想仅仅是我自己，就得好好瞄准自己的上方。我没有榜样，没有目标。我只是在努力永远不要因为某个人、某件事、某个动物而停下、驻留或是被超越。围墙不会很高，时间不会很短，我的皮肤不会很薄。

我不渴望财富，也不渴望美丽、成功、机遇。但是我会做自己想做的事，我也不会期待任何人的帮助。

我从废除上帝着手，因为他一无是处得再明显不过了，我把他换成了父亲。之后，我取消了对男人和女人的区分，觉得那是所有懒惰的借口。最后，我在“现在”的两侧都推动了生命的边界：过去只是一段故事，我会给自己讲述一段过去，用来取代母亲没有保存的过去；之后，我会虚构一些人参与其中。

至于死亡，我很清楚那只是一个词语。我以前会想为什么有些人害怕死，既然真正死去的只能是别人。父亲的母亲怕死怕到不愿意相信自己的儿子已经死了。他本该等等她的。他们本该能一起离开的，他抛弃了她，就像他的父亲走在了他前面：我听着这件事，明白了死亡是一段神秘的生命；而对旅行的恐惧、对未知的害怕、对新奇的厌恶、对改变的怀疑，它们充斥着小小的沉闷之声，这声音只是想象力在黑暗边缘发出的短促爆裂。“死亡”对我祖母来说就是食人魔。

我的生命里以前是没有位置留给死亡的：我的生命有着无边无际的想象。死亡会在它自己的名字里死去，就像“无”，就像“上帝”，就像“确切”，还有一切不可想象的东西。

在外面：我说“父亲”“母亲”“上帝”，可它们到底是什么？确指的、不确指的？男人和女人不一样，这我是知道的，但仅限于此。零点我也是知道的：有些人说这是起点，有些人说是终点，还有人说这什么都不是。于我而言，零点就是上帝。别无可说。

是谁把这些想法塞进了我的脑袋？如果你恰如其分地提出了这个问题，那么这就是个好问题：因为零有两面。有头脑和头脑里的东西。有外面和在外面的头脑。

不对，倒不如说，是谁忘了跟我说清楚有外面和里面？

是她或者是别人，总之是第一个让我觉得自己的命运和天性就是身着衣衫用双腿直立行走在街道上的那个人；两旁的建筑鳞次栉比，一直排到外面的边缘；这个边缘在哪里？没有回答。

人们柔软而年幼时，觉得一切都又老又硬。我相信了。有人跟我说过：墙、门、打开、树木、立着？不，除非人们亲眼看到，否则是不会立着、在水泥下扎根的，树根，我碰到了，我相信了。有人跟我说过：人们、先生、狗、黑人、经纪人、大家，很多人，他们在劳作，我相信了。有人给我展示过：书包，来，打开，给你的，这些漂亮的铅笔，是的，来吧，来吧，在这儿，你看，跟所有这些小男孩和小女孩一样。这些。有人给我展示这些。

有人跟我说过："你是""你有""你会是"……看啊他多好看啊，这个镜子里的小男孩，他是谁呀？我认识他，每天都会看到他。他就在这儿。有人跟我说：嘿，是你呀。我相信了，感到抱歉，更感到羞愧。（后来知道了那是我的弟弟：因为弟弟是我唯一的"你"。）

但是羞愧感强烈的时候，它也有好的方面。

歉意将我紧紧贴着这个"你"，是他，有着和我一样的身体；其实，无论是我的身体还是他的身体，都是一回事，但存在的是他，感受的是我。除非他只是我身体上的皮肤，对此我越来越确信；我之所以说“除非”，是因为皮肤不过是用来装肉身的袋子，如果我不是与自己所有的想法、猜疑还有以后会说出的一切同在这里面，那么这皮肤会是什么呢，只是个没有知觉、柔弱无力的软袋子。如果我为它的存在而遗憾，那是因为它可以被看见。人们能看见我；我的表面如果展开来，大概有一点三三米长、二十厘米宽，也就是一张 133×20＝2660 平方厘米的皮肤，如果不考虑弹性，能让表面积为 1 平方厘米的人类手指把我触摸成大约两千六百六十个方块，或者能让两千六百六十根手指不打架地同时放在我身上。我怀着全部恐惧为此感到抱歉。为了监视人们的手指，我白费了多少时间啊！据我所知，其实从来没有人成功地将手指放在我身上。但是这种情况会持续下去吗？

如果有人把一根手指放在我身上，我是否能够跟随着它在无穷无尽的可能结果中预料到后续，它放下的时候，我便任由它处置，我的某个地方会被触碰，这得看支配主要决定的是什么动机，谁知道我会落到哪只手里，谁又知道手指的主人和我会被带向哪里。因而我抱有歉意，歉意蔓延，直到我失去意识。

至于羞愧，那是我的力量；我甚至会说那是我的母亲；我是她生的，我为她羞耻，我渴望她，我怕她；我还会说她是我的心爱之人；她就是这样，我就和这样的她在一起，我甚至会说我们难舍难分得就像瞳孔和眼睛、美人伊索尔德和特里斯坦。她是我朝外面打开的门，她是我的光、是给我带来死亡的人；我从她那里经过，以抵达自己。我甚至感谢她让我发现了对我的解剖，那是一系列的启示，她还让我发现了社会法则、马赛克桌子和对所有权的意识。在一桩又一桩羞愧中，人们将我构建起来。

第一次羞愧的时候，我遇见了自己肚子里的隐秘脆弱，第二次羞愧的时候，我懂得了性器何以重要，还懂得了无论哪种性别都有必要在细节上认识自己。于是我知道了有我、有你，也知道了我可以是这一个，也可以是那一个。

父亲腐烂了。这张床是父亲在世时睡的，他的母亲迈着小碎步一圈又一圈地绕着床走，挪动着沉重的双腿，没有抬起脚，不知道是她在跟随死亡，还是死亡在绕着床铺追捕她；看着她这么走，我总觉得她害怕空虚：她只有每天晚上、太阳西下的时候才让自己不安的鞋底离开地面，然后爬到自己床上第三层垫子的顶部。也许她在夜晚觉得需要满足灵魂去往高处的冲动？人们跟我说过，祖父在时只有两层床垫。她躺在那上面，希望离他更近。梦境无法独自抬起她僵硬的躯体。我在房间的西南角紧紧压着自己的脚后跟，围着在心尖卷成小球的灵魂蜷缩起来，我占的地方不比一条狗大。我看到了，听到了。我在皮肤的网子里不断变换，不让灵魂有时间找回我的人形。最好是做一条狗或是一只蜥蜴，而不是做我自己。最好是做灰尘、死猫、桃核，而不是死者的女儿。我越是缩小，生命里就越是没有可以撕破的表皮。我第一次羡慕物品有耐心、尘埃小小的、水果的果肉不会让人疼痛。我找不到从此刻出去的门；我发现自己在无尽地铺展开去，铺展在瞬间的两端，我出现的时候总是整个人都被父亲纤细的胳膊抱着。昨天我还小。今天我在别处，是另一个人了。昨天，时间、世界、历史、生命，所有学问都在父亲的脑袋里，而我在他的双手里，我什么都不需要。我只需要长大。我什么都没有，除了自己的童年。我不会认真对待自己的梦。它们是没有写下来的故事。过去和我的练习本们一样完结了，年复一年，而每一天都在两个夜晚之间被干净利落地断开，我感到它的尺寸在配合我的节奏，好像我们是为彼此而创造的；我的面包片正好是我嘴巴的大小；我那时离地面还很近，个头刚好是植物和可爱动物们的高度。战争、金钱、报纸和信息在我的头顶上滚滚而行，对我的触动比不上雷鸣：我听着自己后来进入的这个世界在轰鸣，热情洋溢地享受着自己年纪的奥秘。我忧伤地爱着自己的童年，我既易消亡也无所不能。我有权统治一个为取悦自己而创造的世界，它对我来说足够了。我对现实不感兴趣，因为它对我没有影响。我有时间去看看被夺取了最多自主权的那些昆虫，让一只金龟子转圈圈、让一队蚂蚁爬上一根茎秆，我有时间去数自己的脚步、数一朵雏菊花的花心里有多少根雄蕊。我认得日期、气味、形状。

昨天，有三种力量、三种物质、三种空间，它们构成了三种存在方式，我只体验过其中两种，躲避着第三种。在中心地带，有我和我的那些形象，只有我一个人，我不了解自己，但是不评价自己。我是自己所有欲望的同谋，我保护着自己躲在童年假象背后的害怕和计划。实际上，我从来都不曾是孩子；我谨慎而狡猾地模仿着自己的同类。我会哭、会睡、会背诵，像我这个年纪应该的那样，不告诉别人自己是一种在生长的古老力量。我根本不知道父亲都学到过什么。但这只是一个时间问题；而我拥有永恒。在中心地带，我曾经无所不能。我现在也无所不能。

在我周围，自然锻炼着我的感官。自然是有限的、重复的、野性的；它像女士的柔软皮肤一样令我着迷、惹我生气；直到前一晚，我还只知道是什么触碰着我的身体，知道元素、海水、气味、自己双脚走过的距离。我在大地上游览：我在一座真正的城市里闲逛，但是一切现实，还有未来和思想，它们活在我的身体里。我不相信在每幢房屋的墙壁之后、在每个人的面孔之后会有鲜活的东西，连想都不愿意去想：没有人在说话，除了我，没有人在思考，除了我，没有人在等待、祈祷、渴望、警惕，除了我。

在我周围，曾经有父亲、母亲和弟弟，而在我们周围曾经有家庭，后来是成群结队的敌人。父亲认识所有词语，我相信他的学识；我想让他开心。我在自己的梦里不敢接受他，但是我会单独遇见他，在一个事先被清空、由坚实的陆地和影子混合而成的空间里。父亲是一个优雅而严肃的年轻人，穿着浅色的套装，我问他本质性问题的时候他会变高，直到帽子碰到了天，但是我没有觉得他比我高。于是我推断出自己在他的眼里也在长，但是我并不想要确认这一点，因为我们是在一起的。

然而正是在其中一次相遇中，他死了。我两个星期没有见到他了，在梦里不算；我也有一个月没有听见他了。他不说话了，没有给我解释，他静静地休息着，躺在床上，一动不动。于是我悄悄地见他，他穿着那套浅色衣服出现的时候，我心碎地感到自己背叛了躺在床上静静休息的人。

我和秘密的父亲却聊得开心，不过我们是小声说话的，不想违背现实的必然。我竖起耳朵，不明白他说的话是什么意思；那些词都是新的。而且我身高不够，不敢向父亲坦诚他那天太高了。这个时候，我的自尊是在我一生中最强有力的。什么都无法让我承认自己软弱。我能从低语中抓住的一切是我从未听过的最温柔的声音，它们往我的身体里吹入一团火，我把这当成能够让人类飞翔的快乐。所以父亲的话语是和风一起形成的吗？这阵风带走了话语，我却不知道它叫什么。我冲上前去。

他去哪里我就跟到哪里。我走遍大地，气力不衰，一直走到平静的大海。我不知道自己到底是什么时候开始跟着他的，因为我把这些开端看作是我自己恐怖情绪的图像；后来我们彼此远离，我轻轻松松地给自己卸下对梦的恐惧，我用眼睛、嘴唇和双手跟随着他，有时候在一个暗淡的房间里透过不能扯开的黄麻布帘用眼睛跟着他，有时候我用目光跟着他，但我没有在他童年时待过的城市——像华沙、里斯本、纽约——看到他，没有在季节流转之时、在世界尽头看到他，没有在他的故乡和故乡终结处之间的边界上看到他，没有在大地退去所造就的浅海地带看到他；有一天，我在一座我从来不会去的犹太教堂里意外遇见了他，他在那里再也走不出我的记忆，有一天，我跟着他来到我们的日子之外，那是一个悲伤的日子，在秋天，在一片树林之外，那里的冷杉树没有留下任何一条道路的痕迹；我纯粹是碰巧看到他出生了，之后是我自己纯粹碰巧出生了；从北到南，他为我经历了一切；整个世界和它的树木、丘陵，所有国家、种族、气候、动物的名字、各民族的习俗、我的命运和我们的命运，历史和地理，这些在他的臂弯里都能容得下，条条河流将我平缓地卷走，一直把我送到他骨头上光滑的弯曲处，我头晕目眩，宇宙由我的肉身做成。

我忘了界限，忘了开头，我分不清那是终结还是他弯曲的臂膀，觉得自己在一个经久不变的中心。

随之而来的是我再也看不到他的日子。再也没有什么让我依恋，我的四肢沉浸在无形而冰冷的光线里，没有任何待在那里的东西能显出形态。我明白自己在瞬间里，只有这里是我们一直逃避的地带，因为谁都无法在此存活。我朝后奔去，急忙归拢自己的回忆，也许父亲并不太远，也许还有时间。周围的空气依然温热。“等等我，等等我。”我喊道；我还说了“原谅我”，用泪水模糊了瞬间。

是他吗？我不费劲地跑了起来，没发出声响。

我快速前行，空间抹去了形状，房屋影影绰绰、散出色彩，世界成了流动的白色，空气凝固了，我变得细长，他就在我前面。是他吗？他纹丝不动，我奔跑着，没有靠近他，我跟着他，他在我前面。也许他在我的眼睛里，或者也许我只是一个他任由其在自己身后拖拉的图像，我是被一道目光钩在他身上的？空气僵硬，色彩浓稠起来，一切都在变形，除了他。

他在变长、在铺展，他蔓延到天际，我却没有靠近他。我逐渐不再想去靠近他，他变得太高大了。我认得出他，我注视着他，但是。

我喊起他来，试着用各种名字去喊：“你！嘿那个！你！”我喊道；过了一会儿又喊道：“那个人！哦那个！那个人。”

“爸爸！”我哭了，哭了。

“上帝！上帝！”我吼叫着扔出这句话，像是朝黑色的水里扔去一块石头，在水上弹跳，上帝，上帝，上帝。

他停了下来，转过身，我看见他了：上帝的脸是一只手。

我的秘密父亲消失了，而在床上，我沉默的父亲死了。我那时没有明白他最后的话。他再也不抱我了，我蹲在一个房间的角落里，身处混乱喧嚣、张开大口的世界中心。这里无人知晓。不可能再有任何东西被偷窃。也许我从来都没有找到学识之路。我这里剩下的是回忆和未知。但是我不想去了解，也不想待在这儿，不想回到一个没有留给我位置的世界，不想被扔进一个所有物品都让我难受、每个人都叫我害怕的生活里。在我的角落里，我的灵魂疯狂地抵抗着行动的入侵，而我的身体在帮助我，做着鬼脸、蹦来跳去地赶走讨厌的人。天空再也承受不住了，时间带着它全部流水的重量落到我身上，水涨了起来，我独自一人，站在父亲离开的地方；身后，城市里堆着高高低低的房屋构成的峭壁。死去之前，我突然最后一次骄傲起来。我背靠着拥挤、震荡的人墙，那是成千上万个冷漠无情的人，我一字一顿地吼叫道："崇高的上帝跟我说过这不是真的。"当生活在淹没我的童年，当流水在联合天空对付我，我出现了，出现在时间和墙壁的另一侧，出现在晦暗而稀少的空气里，在这空气中，思想缓缓地死去、人们要登高就得爬楼梯、父亲还没有教给我一切就猝然死去。谁死了？父亲真的死了吗？我在自己的角落里开始发现熟悉的地方也是有魅力的，我听到自己的嗓音在这一天混乱的表面上落成了清晰的响声。老女友说的话回响着："上帝的心思是秘而不宣的，我的小不点。你爸爸的小心脏不跳了。"崇高的上帝是说过这话，还是没说过？崇高的上帝没有对任何人说过任何话，没有对我说，没有对他说。

我笑了。爸爸的小心脏不跳了。我笑了。在这里，一切都是小小的。一切大的东西都会死。我的童年死了，我的两个父亲死了。任何地方都再也没有弟弟的痕迹，我看不见他；但是我听到他在自己的角落里笑，那嗓音和我的一样。

我们用自己的笑声去打弹子，这些笑声滚动在最好之人的床铺下。我们在听。我们用飘浮在床上的形象过家家，父亲的母亲绕着这张床顺时针地转啊转：我咯咯地笑，他低声抱怨，那位母亲转来转去，我叫得像小狗，他叫得像小猫，一颗小心脏打着节拍，那是崇高上帝的小心脏，他没有说这不是真的。我不会跟任何人说父亲没有死。有些真实我还无法道出，这是其中之一。如今，我承认他再也不在他的床上了，因为这显而易见。但是有些真实是看不见的：比如，除了弟弟，谁知道我是一条狗，知道我能变成一只公鸡，或者什么都不是？而除了弟弟，谁又知道我为什么会笑？

训练。是训练弟弟还是我还是那条狗，这不重要，我们中有一个是狗，我们几个轮流是狗。我表示要做一条自由的狗，弟弟表示没有哪条狗是不拴绳的，也没哪根绳子是没有主人的。但是，弟弟低着头说，我们看不到主人，因为他总是在后面。

“那你怎么知道他在那里的?”

“有绳子。”

“没有主人。我没有。来，看着我，我站起来了，朝前走了两步，又走了两步，往右走了两步，不慌不忙的，这样绳子就有时间扯住我，如果有主人的话我就背对着他、朝右边转过去一点，始终什么都没有，我再朝右边转过去一点，我是自由的，我的恐惧被绳子牵着。”

训练："看着，我要跑下去，一直跑到你和我的恐惧都追不动我。"

我是条狗，跑着跑着，我发现了你我恐惧的踪迹，我提了提速度，它们失去了重量，我喘着气，它们盘旋着，在被我的速度冻结的空气中失去了轮廓，散出百万颗胆战的小颗粒，我再也看不见它们了，几乎感觉不到它们的螺旋桨就震动在自己的眼前。速度快得让我多了胳膊、多了腿，心脏也膨胀了起来，我忘了为什么要跑，我越过一条黑色的细长垂直线，用自己的两把爪子剪刀剪断窄窄的街道带子。

我跑啊，跑啊，跑啊，跑得又快又好，我四只灼热而坚硬的爪子跑过沸腾起泡的液体，右前爪害怕得有点僵硬，但是其他爪子太纤细、太敏感，这小小的缺陷是一种优雅，让我与众不同，也不会让我慢下来，我跑啊，跑啊，跑得太快了，快到再也听不见母鸡和人群的动静，呼噜，噗，呼噜噜，噗，呼噜噜，噗噗，哼哈，哼哈，哼哈。我的心脏咬牙切齿地抱怨我，我疾速奔跑，那么轻盈，那么年轻，周围的一切都在变化，树木在伸展，篱笆成了疾风的飘带，而我，我啊，什么都阻止不了我，我是奔跑的灵魂，散发出强烈而芬芳的气味，汗水轻抚着我的两肋；注意，我发现了速度的秘密，我在奔跑，可如果我决定飞起来呢？我什么都会，只要我想，空气就会清澈如水。我难道不会游泳吗？哦我的身体，你准备好了吗？肌肉、柔软又听话的肋骨、强劲而笔直的脖子，还有你们，和我的壮举休戚相关的爪子们，都好了吗？我快速奔跑着，跑到那条小路的拐弯处时，我要在那儿实现自己的第一次起飞。

我就这样想着，迈着大大的步伐，那天，在我第一次飞翔的时刻，我发现了绳子。

弟弟变得这么小、那么远，不管怎样，我可能已经起飞了，大地、树木和房屋已经离开了我，我在往上升。我升到的高度正好让我学到第一课：我刚离开就感到了绳子的存在，每一只胳膊每一条腿、甚至每一根汗毛都被看不见的绳索固定在了地上，这些绳索应该有几百万根。我掉了下来，自由落体。落下的时候，我的绳索也落下了，我的恐惧也落下了。大地在等我，我们的重逢无需话语，如此自然。弟弟笑了，或者也许是我先笑了，是谁不重要，总之我们中的一个为另一个而笑。

“你好啊，下面的弟弟，看到了吧，我是对的！这儿没有绳子。只有身体扣住我们。在小路拐弯的地方，我看到自己升上去了，看到你那么小，后来我的身体没有再跟上去。当然，我本来可以继续，但是如果没有你、没有我的身体，飞那么远有什么用呢?”

他看着我，我在右眼睛里看到他不相信我，在左眼睛里看到他愿意相信我。

我们并肩待在无边无际的大地上，仰面朝天，我们温柔而顺从，听凭身体将自己束缚。暂时。

“还没结束。”我们两人中有一个说道。

我了解他，比他的亲生母亲、比他的妻子还要了解他。我不会跟任何人说是我第一个看见了他肚子上的星形小斑点，他的姐妹们还以为这是个新发现。这些姐妹都不走运，孩子死了，遭男人殴打，夫妻关系摇摇欲坠，女儿跟当兵的跑了，兄长突然间不再长大、立刻开始老去。她们有个加工大理石的兄弟，他的妻子生完最后一个孩子就莫名其妙地消失了。蛋糕上已经有蜂蜜在流淌。大理石工人从亡者纪念碑的顶部跌落下来，他在那上面刻了拉丁语单词；他要是死了会更好。

于是死去的是我父亲。为他流下的眼泪都是温存的。终于，可以哭得不冒犯任何人，可以为自己哭泣。她们一个接一个猫头鹰似地叫着，感觉好受些，啊咦啊咦啊咦，啊咦啊咦啊咦，她们的嗓音清亮又年轻，因为厄运只会侵蚀皮肤。这一次，她们是幸福的。我嫉妒得直抗议。后来我让步了。因为她们是他的情人，我不会说出这个的。

就这样，我开始失去他：那颗星星是父亲给她们做的一个标记，她们说，他一直保护着她们，保护着他的姐妹们，她们爱他胜过爱她们四个丑恶的小丈夫，他们待在边境的村庄里，看守沙漠的通道、铁路的栅栏、羊群和香料店。她们闻起来像蜂蜜、羊油和粗面粉，她们干干的、瘦瘦的、柔柔的，我管她们叫作“角豆”，弟弟叫她们“小乖乖”，但是她们有响亮的名字，父亲的母亲让这些名字在她们乱糟糟的头发上爆裂开来：乐乐、好运、希望、荣光，还有星星和月亮，她们是三岁时被一场咳嗽就带走的双胞胎，长得很漂亮。离开的是最漂亮的。四姐妹给我父亲梳洗，这是她们生命中最大的悲伤之乐、最美好的眼泪。上帝巧妙地创造了万物：父亲有四肢，每个事物都有自己的肢体，而他的脚和他的手一样美。她们投入了时间，他整洁、俊美得像个王子。矮矮的黑女人朝他微笑，她们的金银牙齿温柔地闪耀着，她们同时在肚子凹陷处、肚脐右侧看到了那颗星星。

这是个圣人！这是个圣人！这是个圣人！这是个圣人！

父亲是圣人吗？父亲他是一个人，和年轻人一样年轻，我的父亲死了——所以他是有死之身，或者说他是她的丈夫、她的儿子、她们的兄弟、他们的顾客、他们的邻居，他，在那里，看不见了，但是被安置在跟父亲同名的地方。以前，父亲会带我们去城市另一端的动物园。他喜欢走路。我们穿越了整个城市，从家一直走到山丘下面，走到水边；那时候，房子还没有被包围，外面的五万个其他人不会阻碍我们行走。我们只是相伴着一步一步地走，被发亮的目光打量、监视、紧追不舍。空气在低声说出的咒骂中颤动，没有屋顶的街道在劈啪作响，外面整个大地都是他人的庙宇，我们的脚玷污了他们的世界，但空气是属于我们的，父亲让它高声响起。我们需要翅膀才能待在外面的家里。父亲高高的，比任何人都高。但是我们比所有人都矮，更挨着陌生的土地而不是自由的空气。在上面，他身体紧绷，鸟一样的头抬起来，整个瘦瘦的身体拉得又细又长，他放开嗓子歌唱。他穿着白衣、踏着凉鞋。这场穿行持续了两个小时，要穿过小小的木栅栏，通过一个懒散宪兵团造的稀稀拉拉的堡垒，这堡垒建得毫无意义，毫无意义，因为一座堡垒不会抵御不去进攻的人。黄色的石块没有移动；在这个地方，一切都停留下来。时不时地，大地会记起什么、喘着粗气，墙壁微微颤抖，光辉在庙宇里荡来晃去，在摇摆中安抚着入睡的昏暗。我们穿过白白的博物馆，这里没有阴影，和黑夜里没有光亮一样让人震惊，这里白得什么都看不到，白色把一切都淹没在了白色里，墙壁把一片石膏之海铺展成一堵又白又长的墙，在这片海里游泳的有穿着夏日裙子的艳丽鱼儿，还有嗓音粗粝、皮肤黄黄的人们。所有画作都在漂浮，色彩被稀释，流入僵死形态的白色里。成百个不协调的脑袋被涂成栗色和白色和黄绿色。画廊在示威。那些眼睛对于白色来说太黑了。在博物馆里，只有水果的剖面图中才有欢乐；桃子比我的头还要大，毛茸茸的。我听到汁水在果皮下流动，果皮坐在一个褐色阴影的小圈子里，又圆又神秘，可能它的另一面要更甜美。父亲说这庸俗。母亲说这是静物，又用英语说了一遍，想让我学单词：这是一种 still life。

“没什么。”母亲低声唱道；厚厚书本的冰冷页面拒绝接受她嗓音中原有的低沉音调，词语滑过我的身体，整个儿落在我身上。“没什么”，母亲说着翻过彩色的页面，那上面有个站立着的人，身形健硕，被剥去了皮肤，露出又红又白的肌肉，像郁金香的花瓣。上百根精巧的箭头剖开了这个无皮阿波罗的筋腱。不一会儿我就要她背第十二课。母亲在学习解剖。

我急着跳到心脏部分，想看看父亲的小心脏是怎么跳动的。“他跟你说了什么？”我知道她会用她的喉音挤出“没什么”，而我希望这句话重重地落在指称血肉之躯上的肌肉的一连串名称上。制成父亲的是骨头和诗句、指甲和头发、土地和空无。这张床温热又老旧，它应该认识其他还活着的人，这些人在德-国、奥-地-利在美-国在巴勒斯坦，现在上了一定的年纪，是常见的年纪，比那位我心爱的死者没有年纪的情况要常见，他们幸福地生活着，有一两个和我很不一样的孩子，虽然他们给我的母亲写信，可他们不是我的父亲。我清楚我这些推定出来的父亲年轻时是什么样，我记得母亲年轻时的模样，就像记得自己年轻时的模样。他们一个是律师，一个是商人，还有一个是犹太教教士。一个自私自利，一个爱姐姐胜过爱未婚妻，还有一个腼腆又冷漠。用喉音说出来的他们的名字描绘出一片山景，山上覆着白雪，山谷里一簇簇的玫瑰被女人的头发挂在山顶，脸颊上淌着泪水的男人们冒冒失失地跌进我母亲的怀里，母亲在山下，一边在弯曲的小路上走着一边低声唱道："挺直腰板，挺直腰板[①]。"即便是躺着，母亲也会挺直腰板。

我和弟弟围着母亲的床铺跳舞，一边有节奏地高呼着他们的名字，"罗森塔尔和福伊希特万格，

---

① 第二个"挺直腰板"的原文为德文 halt dich grade。——译者注（本书脚注均为译者注）

格罗斯跟克莱恩和科普夫伯格，罗森塔尔和科普夫伯格，罗斯瓦尔穆勒儒卡切东库”。我们的舌头蹦出响亮的音节，脚后跟震动着墙壁。我有两本蓝色的小书，大小、色彩跟厚度都差不多，摞在一起，放在我的书桌上。每天早上我都随机从母亲给的小书里抽出一本。亨利·海涅还是安德烈·舍尼埃，我们今天会喜欢哪一个呢？妈妈那些情人的书是蓝色的，又蓝又旧。它们少说有一百岁了。“真的？”妈妈说。这个父亲的小女人，她没有时间读书，生活过得真快。亚瑟倒是有时间写了漂亮的献辞。“亚瑟，那个商人，他读海涅的书吗？”“不读，”母亲说，“他没时间读书。不过海涅跟巴赫一样，是留给以后再读、再听的。”“为什么，”我说，“海涅是永生的，可我的父亲就不是？”“你父亲什么都没有写。”她说谎，我知道他活过、说过，是她没有去听。

有人读过安德烈·舍尼埃。我站在故去读者的房间当中，朝弟弟喊出泛黄页面上标记出来的一行行字。这些书的封面发霉了。诗句谱写出狂热的音乐，韵律喷涌而出，我们跳着舞，以纪念死者，

“甜甜的香水没有在他的头发上流淌”[①]，“他们活过”，弟弟转得更快了，他们活过，但是他们没有远去；而我们绕着床追赶着他们，边跑边喊，追赶陌生的死者，还有我们的死者，我们呼喊着他们，弟弟挥舞臂膀、拍打双手，魂灵们叫嚷着躲开，空气把灰尘一层层地降在我们的嘴唇和头发上，落在父亲灰扑扑的长发上；我们坐在冰冷的瓷砖上，背靠床边，倾听着；寂静掐着回忆的脖颈，过去吸着我们喘的气，冲淡我们的形象。之后，死亡把我们送回到同一个笼子里。

我们挨着彼此而坐，生活着。我们是灰色大立方体里的两只凄惨老鼠。弟弟的毛是褐色的，白白的牙齿闪闪发亮，和父亲一样有着绿色的眼睛和纤细的腰。我恨他。父亲的皮肤白皙光滑，身形柔软高挑。

在里面比在外面要好。这种恨意理所应当；我在里面所拥有的就是这个。我把这个叫作“恨”，但是这个词可能并不是我感觉的真正名称。怎样才

---

① 改编自法国诗人安德烈·舍尼埃（André Chénier，1762—1794）的诗歌《年轻的塔伦蒂娜》（*La jeune Tarentine*），原文意为“甜甜的香水没有在你的头发上流淌”。

能知道各种动作叫什么、每颗脑袋叫什么、每具身体叫什么、我从眼皮后看到的人群叫什么，怎样才能知道遍布在我眼睛后方领地上的无数生物叫什么，而我连那五万个包围着我们的人叫什么都不知道，弟弟、母亲还有我，我们看得到他们。

我不会说几个词。父亲什么词都知道，他走得那么急，都没有时间教给我。我记着所有以前的词语，但那时还小，也没想过会有意外，也就慢慢来了。我先是听父亲说出新的单词；好几天里，我都让这个声音在空气中成长，不去碰它。我们相互适应着对方。我从来没有太早地逼迫一个词。我等着它在我熟悉的词语中自行找到位置。我觉得有些词语对我来说是命中注定的；我曾经等过它们，隐约在想念它们，又几乎不用它们，一切都结束了，我知道有一种隐秘的关系将我们连在一起。

还有一些词语在我全未预料的地方冒出来，它们像脓肿一样撑破寻常物件的表面。它们分割开我一直以为是一个整体的东西。我的手指被剁成一节一节的，我自认为美丽又灵巧的手被切开后又被铰接起来，远去了。我明白了，我对自己身体上五万个部分的了解并不比对那五万个其他东西的了解要多。我只能叫出自己这些碎片的名字，这有好也有坏。五万个碎块把我分散开来。在我的皮肤里，我已经准备好去腐烂了，我的表皮在风化，房子外的每个出口都终结于一场消失，一块多少算是重要的碎块消失了。在这一系列情况中，时间会迅速把我扯成碎片，我会慢慢朝死亡而去。但是我把自己肉体上的众多危险变成了一座不会被攻陷的城市，让我无所畏惧地活着。那个时候，我已经获取了空间和时间的无限形态，在里面可以自由使用这些形态，但是我缺少材料、地点、房屋、气候，尤其是缺少生与死之间必要的不同之处；所有这些我是在自己被分割的身体中找到的。生命并不存在，死亡也不存在，停留又消失。活着的是没有死去的。我能在自己的身体里安置所有的不同，只要有一个不同，只要一个，我就有了生命。我只要维持住死亡就能确保自己永生，需要的东西并不多：一颗牙齿、一缕头发、几块指甲，或者是一点血肉，就能养活死亡，我的盟友。眼下，死亡只需要一些碎片，因为我还年轻，不会有什么要求。随着年岁渐长，如果我最终渴望伸展到器官的边界之外，我们就会修改我们的交易，而我那时没有考虑到这个。

在房子里，我过得不错，一点都不想加入那五万个人的群体，不想加入外面。我当然没有高大到能容纳得下五万个人，我也不想被吞掉。也许存在另一种形式的关系，可我不知道；在他们与我之间，我没有犹豫。我还不着急出去。我还要跟词语打交道。

自从父亲沉寂后，我就靠自己的那份微薄遗产生活。为了认字，我只动用黑暗书房里的书。母亲几乎不说话，而且她的语言和父亲的不一样；以前，他们不得不交换成堆成堆的词语，她有两个单词本，记满了父亲的词语，但是我都读过这些，我已经认识这些了。她比我懂得多的是解剖和生理。虽然那些词语在这里对我毫无用处，但是我十几个、十几个地记住它们，想让她开心；她列举、清点的时候，我就跟着她，我们就会相遇在人类身体秘密的关节处。结构解剖图让我们彼此靠近，而我说不出口的遗憾是：这个没有皮肤的神，他不是任何一个人，而我们对他比对我的父亲还要了解。这本有着闪亮插图的奢华大书叫作《人》。翻阅这本书的时候，我们意识到不能相信词语指示的方向；这个人不像任何一个真实的人，不仅仅是因为我们从来没有看到过他合起来、光滑的、长着毛的样子，也因为他有两张脸，一张是男人的，另一张是女人的，还因为这两张脸的形状和比例是数学的想象创造出来的神像的形状和比例。要我说，人实际上并不存在。

我想也许她……那是在一家旅馆。我们在那里，她也在，还有他们。

在此之前，我从来没有进过旅馆。大堂狭窄，天花板消失在高高的地方、又以石膏线脚的模样落回到墙上。这是个礼拜堂吗？我也从来没有进过礼拜堂，只是觉得礼拜堂很高、窄窄地收起一角，是个圆柱子；像一截伸向上帝的石膏脖子。每一扇门都孤零零地打开、关上；像木头做的眼皮。我们迈了三大步。右侧通往一条摆满椅子的长廊，长廊无尽地消失在一面镜子里，在镜子中，椅子又一张一张地出现了。我们看到有些人坐得纹丝不动、整齐有序：一位穿灰色西服的老先生坐在一张黄色的扶手椅里，一位闭着眼睛的年轻女人瘫坐在一张黄色的安乐椅里，她旁边的女人色彩纷呈，或者说其实是各种各样的颜色结束在了一颗白白的女人头上。远处，一些耳环被悬挂在椅背上方，麻雀们在睡觉。

“我们不是小孩子。”

没有人在听那位先生跟母亲说话，除了我，还有我映在接待台上燃灯里的影子。一块布告竖在大理石板上，分列规定道：

衣物

男士：	女士：
简约衬衫	简约衬衫
无领	睡衣
——有领	真丝睡衣
宴会衬衫	连衣睡裙
睡衣	
短睡衣	内衣
——真丝	真丝长裤
羊毛套衫	胸罩
polo 衫	手帕
三角裤	

衬裤	西装套装
——真丝	短袖或长袖衬衫
针织衫	半身裙
——真丝	布质连衣裙
短袜	布质套装
手帕	
法兰绒长裤	
布质套装	
浴用毛巾布手套	
总计	考虑周到。

为什么男士要带浴用毛巾布手套？简约衬衫和睡衣有什么区别？为什么这份列表要从衬衫开始？

这位先生带了一件简约有领衬衫和许多其他东西。他挑起右侧嘴角，左侧嘴角里冒出巴松管一样低的嗓音："我们不是小孩子了。"这让人有了其他想法。我们在旅馆的休息区交谈。一位先生说："听听我的吧。"蓝色的说明文字告诉法国顾客："我们的餐馆和休息区均可供您使用，尽心为您服务"；对英国人则是例行公事："我们的餐厅环境舒适，提供一流美食，恭候您的光临；私人会客厅可供使用。”[1] 男士和女士是有区别的，法国人和英国人是有区别的，还是孩子的人和不再是孩子的人是有区别的……

“如果又有钱又有闲，就尤其如此。”

这时，年轻女人睁开眼睛，站起来，转了个身，跑向我们，仰面跌倒，晃动着双腿。

“她怎么了？”我说。

“每天都有新鲜事。”那个巴松管嗓音说道。

真有意思。我在这位女士身边蹲下，我们在第一张黄色沙发后面，她躺在地上，我蹲在她的脑袋旁。永远都不要从马的身后走过，永远要从它前面走。

那个声音继续说：

“女士，您看到这些菖兰了吗？那个打扫房间的刚才说：菖兰开花了。没我开得好，女士，没我开得好。”

“可我不在乎。”母亲说。

“我喜欢走在前面，看看生活对我隐瞒了

---

① 原文为英文。

什么。”

我也是，她也是，他也是；像是被我弄翻的一只金龟子，我总是在大路的沙子上把那些金龟子摆成整齐的队伍。她叹着气，伸展四肢，精气神回到睫毛边缘，再次出发，她的精神试图从耳朵出去，她的脑袋一阵阵地从右向左摇晃，像是有人在拉扯她的头发。我蹲在她旁边，注视着这一个劲寻找出口的生物的躯体，时不时地看到一大片肌肉皱缩起来，像是在吊袜带和长筒袜之间微微颤抖的手。虽然她看起来比母亲年长，但是她抖动和呻吟时嗓音稚嫩，好像比我还要年轻。那是在一家旅馆。当人们把童年推进中场暂停的时段，我发现了它要去往哪里。在这具因岁月而失去光彩的肉体里，有人在挣扎、在渴望大地；我纹丝不动，让自己的身体固定在衣服从上到下框住的空当里，让自己的思绪从四面八方渗进这位女士的身体，让它们去探索她的骇人迷宫，我那时称她为“我的死亡小妈妈”。死亡已然活在被敏感组织包裹的神经树丛里，我透过昏暗的表皮猜测一二。我借着自己成千上万只纤细如针的勘探之眼渗进这位女士的身体；她可以去承受、去接纳，她即将瓦解；只要在皮肤上剖开三十厘米长的口子，就能让一切都出来，有痛苦、热情、害怕和烦恼；我就能看到她尚且躲在某个腔体里时的第一个童年是什么模样。等待吧。

希望如此。

“你在那儿干什么，你在那儿干什么？”母亲喉咙的右侧角落里发出一成不变的沉闷嗓音；而她的话语和目光形成一个直角。她身体笔直，连衣裙穿在一具比例合理的笔直身体上，发髻上喷了发胶，虽然心事重重，额头却依旧光滑，上身挺立，腰身束扎得当，她骑跨在空无之上，她是物品的主人，母亲打开一只摆在泛黄大理石桌子上的包，就让它敞开着，她把这家旅馆的大厅当作任何一家旅馆的大厅，她在大理石桌上放下一张填好的、签了名的发票，离她更远，离旅馆老板稍近，然后把发票上的名字转向老板。桌子、发票、包。旅馆老板应该是坐在桌子后面一张真正的椅子上。白白的手、桌子、发票，她站着，他坐着，鼓鼓的灯泡发出紫色的光；目光离开天花板，游移不定，还流出了几滴紫色的泪。白色的手、桌子、灰色的手，她站着，他站着，他粗胖、头发花白、弯着腰。天花板可真高。女士埋怨着、哭泣着，紫色的眼睛打着转，双眼盯着看不见的事物，而我的双眼在聚焦：我看着桌子上手指间的五对五战斗，五根白、五根又粗又灰。白的向后退去，灰的一下跳起、伸直、带来死亡。

“什么时候？”

“明天晚上，等他们……”

白的伸展开来，第二根手指抚摸着灰色的血管，其他几根被吓得折起来。而后灰色的手指扑向小小的白色手指，吞掉了它们。支票。

轮到我了。我在床铺的坑窝里滚来滚去，床上暖暖的。昨天，轮到我了。以前，是父亲。被单并不知道。我们把它们洗干净叠起来，它们什么都没有留下。父亲活着的时候身上没有气味。被单里弥漫着母亲的气味，从她的脚趾一直到胳膊。脑袋露在外面，仰面躺着。里面是褐色的、暖和的，只有我们，只有我和我的身体。“那个人”和母亲的脑袋在外面，他们在灯下发出动静。人们各有各的喜好。这里的一切都在上下被单之间一言不发地进行着。书压在床单上，我在暖和的坑里翻滚，在坑边，母亲的身体背对着我。“人要过多久才会腐烂?”我在陷下去之前问了那个脑袋吗？她对此一无所知，她的书里只讲了活人，只讲了半死不活的人。我不知道他怎么样了。她能够告诉我的，就只是头发长得快。头发是卷发？黑的？或者也许是栗色的、灰色的、绿色的？谁知道呢？

每天早上，我都寻找着母亲新的白头发，随后她穿上她的黑色连衣裙，腰线上都是蜜蜂样的仿制宝石，又在颈部上方别好重重的棕色发辫，长了很久的头发是她年轻时候的，而刚长出来的头发是她年老时候的。正因为如此，我喜欢拔掉白头发，不让时间回来。白头发抵不住我去夹，它们出来了，像从松软土地里冒出来的小萝卜，我一边梳着亲切的头顶一边低声唱道："这些不是小萝卜，这些不是小萝卜，这些不是……"母亲的头皮是象牙色的，那是父亲头骨的颜色。本不该让他腐烂、远去。

因为我恨母亲，所以她不在了。在这个万物流转的世界里，我所说的恨是跟死亡最像的东西；而死亡，意味着熟悉的生命暂时消失。弟弟经常消失，不过时间短，因为我需要他出现在身边。我们往往达成一种默契，他在我的眼睛和看不见的事物之间迅速地来回；我不知道我看不见他的时候他在哪里，而他也不知道他不在的时候我是谁。没有人知道我是谁，母亲也不知道，虽然我跟她说过，祖母也不知道，家里只有她神志不清、反应迟钝，弟弟也不知道，我嫉妒他绿色的眼睛。连我自己也不知道我是谁，至少原先是不知道的，因为直到父亲死去时，我都觉得每个人对自己和其他人来说是同一个人；我觉得我是一个小姑娘，而所有的小姑娘都是一样的。

如果没有人知道我就是我父亲，那大概是因为人们不喜欢把生与死混为一谈，害怕再也确定不了自己是否处在自己应该在的位置。

父亲的母亲是一个讲规矩、有经验的女人，她懂得和时间一起行动，懂得恰如其分地生活。会影响她睡觉的只有劣质的床铺。父亲的母亲早晨会把她的三张床垫翻过来。她哭了，因为她的儿子死在了孤零零的一张床垫上，那时她不在他身边。他不听别人的话，只听他自己的想法，他是不是睡在一张平平的床上，没有枕头？她呻吟着，在我们的头顶上发出轰隆的低沉嗓音，沉湎于这种快乐；为了方便号叫，她摘下假牙，张开粉红的喉咙，大大地张开着。她停下来，双脚分开，笨重的身体摇摇晃晃，她抬起头、伸直苍老的白色脖子、闭上双眼、握紧大大的拳头、张开嘴巴，让声音发出来。呵呵呵啊－呵呵呵啊－呵呵啊。终于在激情中释放了残暴的痛苦。我从来没有听过这么美、这么可怕的声音，我小声地鼓励她，加油，加油，再用力些，撕开我们吧，撕开一切，再来，再来。一句话也没有了；她俯身朝地，啊啊呵呵呵－啊啊啊呵呵－啊啊呵呵，声音撕裂了稀薄的空气，衰老的嘴、凹陷的肉体、强有力的嘴，让死亡感到害怕，呵呵呵啊—呵啊，她不慌不忙地跪下，干枯的大手掌平摊在地板砖上，她做得没错：她用叫喊充盈自己，脑袋垂在“前爪”之间，摇晃着自己叫喊的肚子。一家人都在的时候，她的肚子和胳膊总是不得歇，他们的嗓音似雷响、如钟鸣，她的丈夫总说自己的儿子是受上帝爱护的。他们交谈、祈祷，她只能去看、去服侍，所有人都爱吃，他们是俊俏又任性的美男子，总是觉得自己有理。

祖母四爪着地，吼叫起来；所有人都逃走了，除了我。弟弟是最后一个走的，跟着母亲和老女友。只有我们两个了。我就做自己想做的事，悄悄溜到尖声厉叫的野兽身后，像虫子一样趴在地上，我扭曲的小身体钻进四只僵硬的爪子中间，我躺在那儿休息，睁着眼睛，我在祖辈们的墓穴里、在厄运当中，家族中的过去和神灵在那里喘息。

我没有出生。我很好。目前仍是如此。

我在床铺的坑窝里滚来滚去，床上暖暖的，今天轮到我了；被单闻起来有母亲的汗水和漂白剂味。这张床垫中间一直都有这个坑吗？哦不是的，母亲说，这是新的床垫。要把它打理一下。我们就打理了。于是父亲的印记消失了。我自己也帮助祖母打理了这张草垫子。可能是阿尔弗雷德、阿贝尔或者阿波罗最先让这张草垫子陷了下去。父亲那么瘦、那么轻；但是他在这个坑窝里死去了；我们没法不在中间翻滚。我永远都不会知道是谁第一个掉在里面的。剖开这块席子的前一晚，我在这个坑窝还存在的最后几个小时里住了进去。那是我第一次和死去的父亲“睡在一起”；我没有预测任何事，甚至都没有期待、没有祈祷、没有渴望。这个坑窝是他唯一的痕迹，他什么都没有留下，什么都没有对我说，但是他活着的时候睡在了这里。他的肉体和骨头活在一张皮里。

“跟我说说，他的皮肤闻起来是什么样的?”

“闻不出来。这个人特别爱干净，每天晚上都要洗脚……”

“那他的血，他的血尝起来是什么样的?他的血尝起来，尝起来是什么样的。是什么样的?”

父亲的房间现在是我们的了；这里空空的；我们把一切都搬到外面了，一切，没有人说话，因为在父亲的母亲和女儿之间，词语被图像替代，而过去粘在我们的心坎上。那头老野兽壮得像三个男人，比父亲壮，她不喜欢同时把我和弟弟抱起来。野兽用粗壮的腿站立着，背部宽厚，白色的额头紧张地敌对一切，我看到她的角像父亲的牙齿一样又白又亮。“我父亲的母亲，”我说，“今天你是一头公牛。”她低下头，伸直了脖子，窄窄的鼻孔喘着息，哞哞呼呼。她被修剪成从肩膀延续到脚踝的一整块，向内弯曲但毫无起伏，不知道在鼓鼓的连衣裙里她从何处开始、在哪里结束。

这天早上四点，我看见她了。她狭长的乳房慢慢垂到肚脐，她像我期待中的那样又白又光滑，她在磨蹭自己、低声咕哝，我试着去了解父亲是如何萌生的，我知道所有隐秘腔体的名字，但是不知道我们死了之后要去哪里。我确定这头野兽的肚子没有忘记。太阳还没有升起，依然是月亮在照着那个经得起折腾的庞大身躯，这身躯在粗大双手的摩擦中左右摇摆。跟我说说，告诉我他在你身体里是什么样的。她不记得了，在他之前和在他之后，她有过那么多小家伙，他们活了一天、一个星期，有时候是一年，看上帝的意愿，之后祂带走了他们，一直没有人知道是怎么回事。都是儿子。起先她总是哭，后来自然就习惯了。人们不再给他们想名字……父亲是第四个或者第五个乔治。悲伤在野兽和我之间展现出来，外面的阳光脱去了房间墙壁的衣衫，四个角落变白了，从窗户瞥见的那团铁丝网干瘪了下去。

房子不是一场意外。我在里面，因为父亲想这样，他把我放在房间里，他很清楚自己在做什么，他不会弄错，那就是他，这就是我，我们两个都赞成：我们一起参观过这个石头做的肚子，后来在这里安顿下来，接着父亲围了一圈花园，希望自己不在的时候有个庇护我们的地方，但是我们有大门钥匙。他在这块方石头周围开垦土地，种了各种各样的蔬菜、花和树，想让我们能够享受生活的一切美好。一切都发芽了、生长了、成熟了。

可他却死了。

我们把一切都搬到外面了，一声不吭地搬走了。搬完后，我们在又冷又亮、被黑白两色打出格子的空间里剖开那张床垫。那张草垫子闻起来像海藻像灰尘。她不信他还活着，她早就习惯了。很久以来，如果有人固执地违背上帝的旨意，她就会发火，这些人无情、自私又高傲。她一直顺从、一直追随吗？父亲的父亲和她，他们有十七个月没有说过话，因为他做事只顾自己高兴。在父亲之前的那个孩子死得正是时候，她就不用另想名字了。

她一直想要个花园、新鲜的沙拉菜，想让土地塌陷在脚下、在脚趾间被挤压：像是在乡下。但是他们从来没有离开过四楼，这幢房子在发霉，闻起来像尿，她总是在方砖上走来走去，一直走到伴侣死去。后来她穿起了拖鞋，但还是待在楼上。因为习惯。而且楼梯间气味不好，最好待在原地，不要跑。

从她开始相信父亲还活着，这六年来父亲一直活着。

她都不知道自己是这么想的。她不想知道，那可不是什么好的尝试。也许上帝是存在的？如果是别人忘记他了呢？孩子们夭折的那段时间她多么幸福；没有意外，没有忧愁。而现在她害怕，害怕，害怕。他，她的丈夫，从来不怕。所以，野兽沙哑地说，我杀了他。

我盘腿而坐，坐在铺着那张草垫子的寒冷洞窟里，说道："然后呢？""然后，"黑色连衣裙罩着的阴暗笼子中响起了轰隆而低沉的嗓音，"然后我杀了他，他，你爸爸的父亲。"

我们。我的父亲和他的父亲，母亲和我，我们在一幢关上了所有门、没有窗户的房子里，秘密的父亲告诉我，这幢房子叫作“上帝之手”。这个名字写在了大门上，我从来没有穿过这扇门走进家，因为我从来不去别处，只待在家里，可以说，除了这幢房子，我的眼睛从来没有见过其他东西，我记得从前的日子，那时我还没有这么高，额头对着父亲站立时候的腰部，觉得天花板差不多和窗外正午时分插在铁丝网尖刺上的太阳一样高。我们生活在上帝之手里。父亲叫我“我的女儿”，他的父亲和他的母亲也叫我“我的女儿”，他们叫我父亲“我的儿子”或者“你的父亲”。

我的父亲、他的父亲、他的母亲还有我，我们都是长头发，不过我的头发黑得像刚刚到来的夜晚，跟父亲的闪亮卷发一样黑，他们两个的头发却白而无光。

我们生活幸福，夜里什么都不做，除了我，我会数一数自己能看到多少星星。但是白天，我们在房子里转悠，每天晚上，我们当中都会有一个人讲故事。两位男士的身体是透明的。他们只有脑袋不会透光。我透过父亲看到了一切。他的脸在我面前飘浮，他睁着眼睛，嘴唇饱满而僵硬，这就是我最后一次见到的他。我轻轻握住他的卷发，双手伸进落了灰、却散着香气的毛糙头发里，我们滚在一起，一起，他的胳膊是我的胳膊，我的身体分成他、分成我，他的嘴唇用不变的笑容占满我的嘴唇，我的眼睛在他的眼皮间滑过；上帝在我们身上合起了手，我们真是年轻貌美、强健蓬勃；我当然知道他会回来，我知道，他知道。

一切都在流逝，空气风干了我们合一的身体，我快乐的泪水顺着脖子滚落，父亲的卷发像马的鬃毛，我的眼睛在他的眼眶里看到了黑色，我的心脏停止了跳动，皮肤不再抵挡，我出了门，我的生命要与他的死亡会合了。

我找到了他，开心雀跃，获得了一股每天早晨都会焕然一新的快乐力量。意料之中和意料之外结合起来，像是他和我，夜晚里面有白天，我在得到满足后失去了希望，一点点地把未来寄托在我们的亲密程度上，其实未来已经到了，因为我们已经有了一切，因为我是他、他是我。过去不再隐瞒它曾是我的囚牢这件事。

每天早上，我都是一个小姑娘；我起床时眼睛睁得大大的，一切都会重新开始。我先是来到窗边朝死亡伸出舌头。我得到它了。每天我都会把它偷走。它在外面铺开来，没有眼睛、没有嘴、没有形态，这个可怜的巨人躺卧在城市上、村庄上、动物上和人群上，它得到了食物和溺爱，却依然受着欲望的折磨。

它在这里是一头年纪很大的野兽，住在城市中心。它的下半身像是一头乳房干瘪的巨大奶牛。从来没有人见过它的上半身，它比最高的屋顶还高，似乎要消失在城市的天花板。虽然有的人也许是出于习惯，怪异而病态地眷恋着这头野兽，但所有人都怕它。每个人都觉得它以前就一直在那里。人们不知道它从哪里来。它的干瘪是它苍老的印记。即便如此，有些人还是迷上了那对空乳房的浑圆模样。令人毛骨悚然的是它的行为方式。它原地颤抖着动个不停，那声音像是在咀嚼、在狼吞虎咽。它都吃些什么？既然是一头野兽，那它靠什么活着？一头坐在城市中心的大奶牛会靠什么活着？这就得说到两类年轻人，一类喜欢它，一类不喜欢它。有一天，他们当中有一个人指出这头野兽并不存在。它跳到他身上，吃了他。父亲经常见它。

人们一点一点地把他从我这里带走。他们把他从我这里带走，慢慢地带走，在不经意间带走。昨天他还是完整的，他属于我，我能看到他，他身形清晰，身高一直没变，我是不会忘记的，即便他弯着腰、坐下来，身高也不变；他的颜色独一无二，这个我知道，因为我曾经尝试重现这种颜色，把自然界跟颜料盒里的各种色彩都做了搭配，可从来没有成功过。如果他不在，我就会骗自己一会儿，骗自己的眼睛一会儿，不过很拙劣。想着想着，我发现有某种东西令他的颜色有了一种在别处不存在的色调。这是最后一个颜色：在它之前，有各种蓝色、各种绿色，可能还有各种象牙色。也许那是生命？我觉得那映照了他的灵魂，映照了他自己本身，映照了慢慢变化的那个人，谁都没有见过这个人，但是他秘密的存在与他获得的智慧从内里照亮了他。夜晚，他的额头发出磷光。母亲说没有这回事。她整夜都在睡，怎么会知道呢？我没睡。

昨天我下了床，我做梦有很久了，但是只有昨天，夜里我梦见自己是上帝的女人，梦见上帝对我说："这样的话，得有代价。"我回答道："那就，带走我的父亲吧。"我刚说完上帝就抓住我的话头，祂一笔一划地在我眼睛上写下："那就，马上。"那字迹和我的一样。随后，一切都没了，房子没了，连天空也没了，而我只不过是一块肉，被搁在一台大如海洋的钢刀绞肉机里，我不想睡觉了，我希望这些梦是一本书里写的其他人的故事。我下了床，想提醒他，想让一切都在"马上"之前停下来，但是不知道该去问谁，因为上帝是我的恶魔朋友。父亲是我唯一爱的人，我不愿意生活里没有他，我是幸福的，我是他的女儿；难道我不是你女儿吗，难道你不会留下来吗，我对父亲说，我听到自己在号叫，但是他没有听见。在黑暗中，我听不见母亲的声音，也听不出天花板、衣橱的位置；那里是德-国，还有组-织；父亲的额头和眼皮在黑暗中发出微光，指引着我。我溜到他身上，那时我还小，我把自己缩得更小，精炼到贴着骨头；我比蛇还细，比桃子皮还软，估量着自己的温热，想和他的温热融在一起。我缩起来，一边是自己的膝盖，另一边是他的身体，下巴抵着他左侧的肩窝，对着他耳语。“留下来，”我说，“等等我，告诉我新的词语，每天都来找我，你不是希望我永远都不长大吗，明天我要剪掉辫子跟你开玩笑，你不会认出我的，但那还是我。给我时间去认出你。说好的。答应我。我会给你画出全世界，每天都画不同的东西，让你开心，这样最后你就会看到你和我，看到我们拥有一切。”

母亲回来了，把床垫弄得吱吱响，又起身走向墙壁，她显得渺远，或许在幻想这房子里多出一个房间，或者在幻想自己丢了这个房间的钥匙。我们没有说话；在大地尽头树林的另一边，有两种喧响在遥远的地方交替出现，一种升向天空，另一种渗进土地；其中一种是大海发出的阴森轰鸣，大海啊，我只知道它的声音是什么样；另一种是住在城市中心的伟大死亡喷出的鼻息声，离港口不远。

那天晚上，我估量了所有神秘的事物。宇宙中的未知事物无穷无尽。我独自一人是永远估量不完的。不过，对于我们两个来说，没有什么是不可能的。首先，我们自己就是尤其不为人所知的神秘事物，更何况除了弟弟，谁都不会怀疑他的存在。然而，在我和父亲之间，死亡和上帝在争吵。在死亡那边，有全部的积习与盲目，有亲近的人和别的人，有城市、我的无知和父亲脆弱的身体；在上帝那边，有一切无神论思想、害怕的情绪、冷漠的亲友，还有心怀憎恨的其他人，有受到保卫的东西、约定好的事情、父亲的年纪和我的年纪。可如果我们是一体，我们两人之间就不会再有空间，上帝钻不进来。如果我是他，如果他是我，如果他是我，如果我是他，谁又能将我们切断？

你明白吗？我在他的耳边诉说自己的秘密，没有吐出一个词，用舌尖在他的耳朵里画出沉默的符号。他明白。于是在黑暗里，他纤细的胳膊合拢在我的背上，我很小，他的胳膊都能交叉起来，双手攥住我的大腿。我们的肉体是同一个，有纤维、有硬度，覆着同一层皮肤，薄得难以存活，也容易破裂。我被解体了，既不成块也没有重量。我的心脱落了，掉在父亲的胸膛里。我从此只是一张黏在他胸口的嘴。他是一切，我是乌有。终于，我再也不怕上帝了；我再也听不见词语了。

这个时候，我比世上所有人都更了解父亲，而且我更加确定，任何一个人都从未了解过别的人，或者说，即便有人与了解自身同样地了解了某个其他人，也从未说起过；我没有全部读完，但是父亲没有训斥我。每个夜里，当母亲和她的梦境消失在一座座巨大的房屋里，当她数着房间的数量，我就会在我们的沉默旁边见到父亲，在我们无言的永生里见到父亲。当身体贴着身体，一切危险、一切不幸就都被废除了；他环绕着我、我拥抱着他，那一刻，我什么都不想要了，除了死。如果我们这样死去，就永远都不会分开。而只要被关在这个环里，我们就会永生，或者死去，没有什么不同，因为这样我们就不会受到伤害，我们会睡在倦意上，无所不能又平静安宁；但是我们不会失去理智；我永远都不会忘记终结；正是因为如此，我要感谢我的记忆让我有了永生的体验；如果没有白天的逼迫，我会睡得没有存在、没有记忆、没有未来，睡在骨头和大地的倦意里。但是我记得那些夜晚是如何结束的，还发现了我度过的第二个夜晚对于想填满它的人来说有多深、多漫长。

都一样。风一阵阵地吹进嘎吱作响的桉树枝叶和树干里。嫩嫩的绿草均匀地覆盖着每一座坟墓。为法国而死；为了什么？都一样。茴香、金莲花床、酸醋调味汁。

这里长眠着最好的那个儿子，他突然被带走了。

“你这会儿在哪里？啊！你在哪里？他这个淘气的小鬼在哪里？在哪里？”

（他从亲人的挚爱中被早早地夺走了。）最好的儿子的母亲，她还活着。

就到了，就到了，在上面的第三条小路上，桉树后面五十米，在右边，看不到它，它太扁平了，是最低矮的石头，其他所有石头都比它高，要走到跟前、走到它的跟前才能看到它。在这块石头上，有茉莉花。

“这石头多么冰冷，它多小！怎么？你是想要它吗？我可不喜欢这东西，总要去找它，没法从远处看到，就算在这里也不行。有人从你上面走过，却没有看到你啊，啊。”

“啊！我的儿子，在一间漂亮的公寓里，啊！多漂亮的公寓啊！在那里挺好的，是吧？有人给了你漂亮的公寓，是吗？你在那里好吗？回答我，倔驴，你在那里好吗，就你一个人？说啊，说啊，说啊。”

弟弟，我，他，我，我，他姐姐，我们；我们在这儿，我们两个，我们在这儿，是两个人也是一个人，我们肚子不舒服，我的肚子圆滚滚的、下面胀了起来，他的肚子更鼓一点。昨天剩的西红柿不顶饱，不过我们每个人都吃了五只青的、五只熟的，一共是二十只，下次得要连续吃近四个小时，你不信；我不信；再来一只……可以但为什么，在这种季节？不，这是一个时间问题；我们会在生理学书本里核实一下。除非问题在于数量，还不够。吃不下了。

昨天，在小屋子里，两只瘦老鼠一同出现在放脏衣服的柜子上，默不作声，爪子脏兮兮的，我们面前是一堆温热的西红柿。上一只西红柿还没有消化，我觉得这样好极了，是个好兆头。倒霉的是，我想错了。我们没有腹泻，只有圆得像母鸡屁股一样的肚子。

我们把凉鞋擦得白白的。时候到了。我们父亲的妻子穿着一身黑，眼睛红红的，流了泪，这可不好。

不过你们明白喊声吗？喊声，喊声能打碎一切，为什么她不喊，却在这里低语，而我本该喊得很是用力，喊到肺部膨胀、变庞大、开裂，喊到花冠一样的肺泡里满是声音，我本该喊得长久又尖锐、让人受不了，喊到一切都变了，我本该获胜或者失败，要去尝试，上帝要么存在、要么不存在，如果祂存在，他不可能不去回应我喊出来的那种声音，即便他在忙，即便时间只是他永恒中的一滴，时间也是存在的，他在我喊之前就听到我了，他在等我喊，我在喊，他在听，我在喊，就是这么简单，我整个人都在喊，我等待着他的回应，只要你不回应我就喊，我朝前喊、朝后喊，我在五千七百多年前就喊了，我用了一千九百多年来喊，你在哪里我就在哪里喊，喊声没有年岁，我在无人之地向你呼喊，在冰层下面、在大地的边缘、在水的边缘，我向你喊了五千七百多年，被反复度过的一天，我的喊声就是我，我喊故我在，向我证明你存在，我也向你证明我存在，第一个沉默下去的人不在了，当然，我喊啊喊啊喊……

“别喊了，别喊了，喊得我头疼，别喊了，该死的畜生，等会儿我就抓住你。喔唷，喔唷，我的耳朵。”

“你逃走吧，没头的老畜生，让我自己待着，活了一千八百八十岁的老东西，什么都不知道，走吧，走吧，干净的耳朵更喜欢死亡的寂静，想好好活着的时候这挺管用，无论有多老，生活还是美好的，我观察你很久了。一起孤独或者自己孤独。我喊了，直到回应无止无尽。”

“祂对你说了什么?”弟弟问我。

“什么都说了，什么都没说。他没有用词语说话。在叫喊的尽头。听着：这里什么都不会发生，要去那个词语不再囚禁着事物的地方。跟着我，不要带上词语，我知道他把永恒放在了哪里。”

我和弟弟其实早就在那里了，只是我们自己不知道，我们甚至好几次都从永恒前面经过却没有看到它。

腐烂的父亲不在花岗岩公寓里，他在他所在的地方。我为那头老野兽感到遗憾，她习惯性地斥责着那具尸体。

“你的儿子没有死，为什么要斥责一摊腐烂的肉，你儿子在你的身体里，如果你没有感觉到他，那就问问你的肚子，它应该感觉到了，肉体可没有精神那么愚蠢，它不会忘记的。公寓里有一只变了形的玩偶，它不是我父亲，不是你儿子。”

大丽菊会开两天，稗草长了很久。留下的是风干的花，不要让死者的花死得太快。稗草、花朵和固执而干瘪的嘴唇有着尸体的血色、淡淡的紫色，结了疤，它们为什么能够经久不变；花束立在那里，父亲的母亲在直挺挺地旋转，一、二，转，三，你的嘴唇是淡紫色的、薄薄的，你从来没有抱过我，应该是我去拥抱你，那又粉又紫又黑的岩石光滑而滚烫，你对它很熟悉；花岗岩皮肤是给四散之人的。

亲爱的，你成了几亿颗微粒？那些能听到的微粒还活着吗？趁最后那些中心点还没有爆炸，我有话要跟你说，耐心等一会儿，求你了，我等着他们离开，只有我们，等一等，求你了，这会儿不要走，你是我父亲的模样，你的耳朵是我嘴唇的姐妹，既然你已经坚持到了现在，那就再耐心一点，亲爱的，你面前有你全部的死亡，等一等，等等我，就一会儿。

“来看看这个，这棵紫杉，好像被狂风连根拔起了！”父亲的妻子说道。

她不是故意的。她爬上了一座像是二十世纪二十年代楼房的墓地，有三代人埋在那里。是先人们。下面有一座沉默的坟墓：1908—1948。没有墓志铭。

“这块石头，它会比我们活得更久。”

在他的坟墓上，有茉莉花。谢谢你，大地。

“这墓里什么都没有了。”

石头上只有一朵茉莉花，花冠铺展开来；是落在石头上的白色之吻。

“你觉得他什么都不剩了吗？”

“我一点也都不知道。也许剩了些骨头吧。”

一阵香风，花消失了。

唉，你的生命在我们泪水朦胧的视线中散去了。但是你安睡在我们心中的记忆里，被温柔地摇晃着。

他美好的灵魂回到了天上。

“这会儿不该跌倒在坟墓之间。”

地中海。

“看它多蓝啊。”

父亲的妻子拍了一些照片。可真蓝。扬起头。头颅。

“是用挪威花岗岩做的。这块大理石脏了，要经常擦一擦。”

净化室：“尊敬逝者，禁止吸烟。”

这里长眠着在三十六岁去世的人。

你意外死去，打碎了我们的心。

你现在休息了，幸福地睡去了。

可恶！

上天严酷，我总是想告它的状。我的绝望合情合理、自然而然，真想一刻不停地哭泣，直到死去。你啊，整个宇宙都无法取代你。可恶。

伟大而神圣[①]，——吁吁——吁吁。

灰老鼠，也就是弟弟，用尖细的嗓音一顿一顿地吐出每一个陌生的词。我用几乎听不见的尖细嗓音问了自己三个问题。第一个：我们在跟谁说话？第二个：如果弟弟是在跟上帝说话，如果上帝恰好在听他说话，会发生什么？他听着自己说出的词语在寂静中流淌、相互碰撞，却又不明白。第三个：如果我们的父亲听到了他的话，（这是可能的，没有人会说这不可能，）他会怎么想？我晚些去寻找答案，今晚去找，过一会儿找、二十年后也在找。此刻活着的只有被拔除了喉音词语的空气。词语有规律地间歇性爆裂，抵抗紧绷的空气，这空气像是《底波拉》中定音鼓[②]般的坟墓间的一张骆驼皮。一下长音两下短音。乓嗒嗒乓嗒嗒，我用右脚后跟打着节奏，——吁吁——吁吁。

听起来不错，也许这危险或者可怕，不过听起来不错，也许是诅咒或是某个预言，或者是一种鼓

---

① 原文“Itgadal veït kadash”来自希伯来文“Yitgadal vey-itkadash”，出自犹太教哀悼诗《珈底什》的开篇。

② 指英籍德国作曲家乔治·弗里德里希·亨德尔（George Friedrich Handel，1685—1759）创作的清唱剧《底波拉》。

励，鼓励在地下森林里衰弱又迷了路的人，但它听起来强烈，也许是一个想让上帝平静下来的先人在说话，词语像青铜一样倾泻而下、跳跃着，它们是山羊羔，懒懒地晒着太阳，一只山羊皮水囊一下又一下粗暴地撞击着花岗岩，清空肚子里的温水。

“往下走长长的一段路：两步，短短的一段路；一步。”

“太阳：石头的丑恶模样——”

他们应该是资金不够，或者感到羞愧、害怕，否则为什么要选最丑陋的花，弯弯的紫罗兰表面上有一个个的颗粒，这可不是花冠，而是长了肉芽的癌变：花儿会代我哭泣，父亲的母亲那紫色的嘴唇是这么说的。肥厚的植物是好看，人们称之为早晨的奇迹，因为它们在阳光中伸开触手，把小小的肥胳膊伸向太阳。头顶上有一个花架，种着又小又肥的花，是浸满白色酸汁的死者的妓女们。怎么不是呢？

紫罗兰散发出香甜怡人的气味。它们在二月底开放，那是我们最喜欢的时节。

他们在照片当中站得直直的，紧紧拥抱着，一个是黑色的香蕉树，一个是白色的香蕉树，四只眼睛睁得大大的，安静而暗淡，好像他们已经知道人们在看着他们死去。他们一动不动的眼睛在等待某道光亮，一切都死了，连应该发亮的牙釉也是暗淡的。一张透明的薄膜把他们和空气隔开，过滤了反光。他们脚边的那束海芋向上大张着二十四只喊不出声的嘴巴。身穿黑衣的年轻男子看着胆小，右侧胯部有一点倾斜。那曾经是他。现在不是他。

他直直地看着前方，脚上裹着白色的纱布。他圆圆的白色额头上卷曲着黑色的鸡冠，黑色的鸡冠上竖着一缕头发。白色的树插进海芋嘴中花瓣长衫上平行的褶皱里。不知道这具身体想不想下来到植物世界里，也不知道大地想不想吞噬这具伸展出茎杆、从喉咙里生出来的笔直身体。可以把这束海芋和这块纱换成一条躺着的狗或者有很多嘴的水螅，反正可以换成一种死去的动物，它在空气和静止之间守卫着这两棵瘦瘦的树，黑色的那棵轻轻地靠着白色的那棵。

一滴泪水把我的眼睛和这画面分开来，它离开了我的角膜，在这一对恋人面前拉长，湿润而浑浊，他们的目光缓慢地移动着，没有在看什么，直视前方，在他们无法通过的空气里移动。

“是你父亲想要海芋的，”我说，“这个？一朵没有香气的花？”

这束给死者的花没有甜美的香气，有些许呛人的大丽菊，有干瘪的鸡冠花，有僵硬的海芋，四朵加六朵是十朵，再加五朵是十五朵。十五根粗粗的茎杆在我的手指上流下汁液，像十五只有黏液的鼓鼓肥虫子。有一只小小的黑毛虫，长着浅褐色的毛，盘绕在那朵最大的海芋的花心里，像戴在又黄又冷的手指上的戒指。你还记得吗？以前我是你的毛虫，我用肚子在你的大腿上不慌不忙地绕着圈，你还记得那时候梳洗得很久吗？我在你的皮肤上滑动，脑袋从你的大腿之间穿过，上身再跟过来，合上四肢绕成的圈，我的胳膊高高地打了个结，双腿在你的脚踝上交叉，耳朵贴着你的股动脉，你的血液向我的身体传递着一下又一下的颤抖。幸福从耳朵进入我的身体。我本来想从你的身体里生出来，想在你膝盖窝的血管里弯弯曲曲地生活许久，摇晃在你的血液里，盘绕在透明的薄膜里，我是红色尼罗河上的摩西。法老的女儿看着摩西在芦苇之间划过，是他决定靠近河岸，那里有身着白衣的女人在等他。我是流淌着你血液的摩西，不过我不想上岸。

有一天，他把我放下来；于是……

有张嘴轮廓硬挺，对着没有轮廓的咖啡碗说话。这张嘴对着我说话，却在我的身体里，我看到那硬挺的嘴勾勒出话语。我看到一张嘴在我的身体里说话，我看不到自己，我是黑色的，充满了一种无限、无声又在振动的柔软物质。从侧面看去，嘴唇在用力吐出发音；什么颜色？是年轻男子的嘴唇，饱满，红得像胭脂，但是阴暗、炽烈，那是个活力四射、能说会道的年轻男子：这张嘴说服了我。他是对的，我这个用注意力揉成的黑色面团是这么想的。纤维拉着我，把我扯向看不见的末端——我是能收缩的吗？我应该有一个末端。

他想说服我；他的嘴唇靠近了，近得让人觉得它们宽广无限，但是并没有让人感到不安。我知道它们比我大，知道自己不了解它们。我确定如此，从侧面看去，饱满的嘴唇大大的，于是我知道自己太过渺小。铿锵有力的话语在揉啊、揉啊、捏着这团面，我热了起来，凹陷下去，转得更快了，我在旋转，朝着身体各处连接的地方收拢，这话语在把我吸走，作为回应，我膨胀起来，我燃烧了，啊！我被撕扯、被打开，啊！我当中冻成了冰，合起来吧，缩起来吧，我喜欢热乎，中间孔洞的痕迹有点僵硬，不过我用它来御寒：有人从外面打我，短促地击打着，我让击打的回声进来，不让其他东西进来，外面可是冷的！我全神贯注在那两片嘴唇上，我被说服了，我合上自己，在黑暗中热乎乎的。那张嘴有所提防，上嘴唇微微地朝我弯过来表示疑问，于是我轻轻地从它左下方退出，不是从右边，也不是从正面。我把自己聚起来的那一刻就是这样的状况；一切都结束了，我做了个示意，它没有比上一次多说一个字，这是自然，却让我一下悲伤了起来：他消失了，留我一人孤零零、黑黢黢的。我还在这儿，对此我并不怀疑，但是它不在了。后来，我想念那张嘴，我记得，我总是在想它，一直朝着它周围的空间伸展，也许哪一次他会对我说话，我开始等他，朝他不在的地方转过身，我身姿平滑、铺展躯体，蛊惑自己的纤维朝左侧而去，我留了下来，所以留下来的是我，来了又走的是那张嘴。我蜷缩起来，即便一动不动，也是有方向指引的。他强壮有力，我认出了他的嘴唇，没有感到害怕，我被他的词语渗透了，却没有看见它们：只要看到那张嘴在我的身体里对我说话就足够了。他没有缩小，他不在这儿了。

一只蓝色的手伸了出来，在左下方摊开手掌。手指生了出来，外部线条在阴暗的蓝色和我这里的黑色之间散开又消失。稍稍分开的五根手指转向嘴巴那里。蓝色的手犹犹豫豫，其实是在飘浮不定，贴在我活动的表皮上，其实是滑动在我静止的表皮上，滑到哪里？滑到哪里，那只手滑动着长长的蓝色手指，滑到我此刻所在、随后离开的地方，如果一直滑到了边缘呢？我的身体希望它继续飘浮、滑动，在它们的日子里，没有什么是不可能的。这股希望泛着金属光泽，连着孔洞的伤疤，这孔洞被寒冷笃笃不断地笃笃轻微笃笃击打，笃笃，然后喔，一下紧紧贴着手掌心，于是我们出发前往边缘。这只手窄窄的，像女人的手；比嘴还要小，但是自命不凡，没有那么颐指气使，但是信心十足。话语和动作之间毫无关联，真的；此刻，我就在这只手里，我虽然模糊不定、一无所知，却一点也不为此感到羞愧。那只嘴一对我说话，它清晰的线条就会彻底干扰我去接受信息：两段凹进去的弧线，两段突出来的弧线，朝着一个固定的点吐出音节，而我在撕裂之前柔软无形，甚至无法聚成一个中心，我颤抖着，好像并不存在。有一点进步：我记得，我是可以延伸的，也许可以被捉住，我区分得出大和小、黑和蓝、形状和自己。如果有光亮，我也许能看到自己；在它们的日子到来之前，我应该是看到自己了，否则是不会认出那张嘴的。事物排列有序，有进步。与此同时，也有矛盾：那张嘴比我大，这一点是要承认的，因为我感受到了。但是那只手真的比嘴小，它还没有抵达边缘。结论是？这是个表面问题还是地面问题，还是材料问题，还是我的表面、我的面积问题。我由一种鲜活而持久的有机小生物塑造而成，周围是一种没有意志、没有力气的物质，这种物质没有终结，或者说，即便它有一个终结，也没有人理解。我觉得自己既无限又卑微。我在做什么，我不知道从那边会去往哪里，有谁知道吗？哦，这张轮廓分明的嘴干干净净，并不妨碍它依然庞大。

色彩斑斓，另一侧醒来了——我是皮肤，在那张皮肤里，铺展在他的嘴唇和他的手指之间。

“所以我杀了他，杀了他，你爸爸的父亲。”

“随你便。”

“啊！别这么说啊，要是你父亲听到，他可从来都不说一个脏字——流氓才会动手动脚，蠢货才会玩弄文字。——要是他听到了，哎唷，哎唷，哎唷，要是他听到了，可是他这会儿在哪儿啊，他在哪儿?”

“不在天花板，他不在天花板上，我父亲的母亲，他不在那儿，不用看了。”

吭，她狠狠地碰撞着黄色的墙壁，吭，她左右摇摆着身体，柔软而笨重的一团肉和光秃秃的硬地面形成了钝角，她黑色的身影倒在黄色的墙上，让自己疼痛是有好处的，能产生一种又闷又硬的声音，“吨”，更长的“吨——”，石膏吸收了没有回音的冲击，吸收了野兽从肩膀到腰部印压出来的痕迹，黄色蛋卵那圆圆的表面被永远刮去了鳞片，直到他去世的那天、直到他去世以后。

呼吸。累。疯了喔唷疯了。坐下。这墙壁。哎唷，哎唷，哎唷，真惨！她直挺挺的后背沿着墙壁往下滑，地板砖缓缓升起，疲惫的老屁股得了凉爽；肉体和石头刚碰到一起，她就伸直肿胀的双腿，白色的发髻顶着墙，垂直的鞋底倚靠着寂静，我们想让她动起来。从来没有人能做到。我生在哪里也会死在哪里。

“你怎么杀死他的？”

我盘腿坐在祖宅门口，门开着，身后空无一物，只有远处一面空洞的墙，但是左右两侧有两根粗大的黑色滚筒，像橙树的树干，它们在变小、合到一起、在黑色的裙子下消失在天际，我在听。我的胳膊贴着上身，胳膊肘顶在膝盖窝里，脚后跟靠着屁股，缩起脖子，弯着背，从耳朵到一动不动的脚尖，我身长三十厘米；从侧面看，我就像是一只耳朵。

我闭着眼睛，被放在野兽的门口，我出生了，既挂在生命看不见的脸面上，又连着家族模糊不清的脑袋，我听到右边有无形的湍流在咆哮，它们听从召唤去填满未来的空洞，我听到左边有数百种记忆之声在翻动旧时光厚厚的面团。家族老去的脑袋里装满了我们的死者们的故事；他们的魂灵争夺着话语，在保存了一切的小袋子里，新人们没有那么大胆，老人们躁动不安，像魔鬼似的准备随便抓住一个孔洞就出去。我听到他们在里面乱奔乱跑，人们忘了他们，他们闷死了，人们在他们的画像上堆着垃圾，父亲的父亲叫得比其他所有人都厉害。他说：

有一天，我在自己的双手之后醒来。它们抓挠着我的双腿，我看到自己的肚子上有指甲的痕迹，背上痒痒的。肌肉在皮肤下不耐烦地蹦跳、动弹。肉体感到无聊。我很多年没有让它心烦意乱了。我们一动不动、没有年岁。该开始了。我擦去溅出来的血。随后我问妻子：“你想吗?”我的嗓音像是新生的。我感觉自己风华正茂。

她写给我：“有什么用呢?”她又用她的嗓音拼读道，“有-什-么-用-呢。”我让她闭嘴，但她还是重复说了。我喜欢她嗓音的厚重感。我总说她就是那种嗓音。那种嗓音，那种嗓音。我以前听不到嗓音，我看着它们写下词语。她对我说：“人们从来不会失去时间，除非消磨时间。可这并不容易。就算被消磨了，时间也往往是会回来的。”时间可紧张可充裕。每个人都有自己该有的时间。我有的是干瘪的母牛。而她，总是有健硕的母牛。她对我说：“做梦吧，吃掉生命吧。”不可能。说实话，我不知道怎么做梦；如果有人在某个早晨问我：“做的梦怎么样？”我会说，“还不错，谢谢”，或者说，“哦，跟以前一样”。出于礼貌，我有时候会编造一些，它们看起来像真的梦一样，或者，也许这就是真正的梦？我从来都弄不明白有什么区别，都是因为书：人们在书里讲述的梦，我不认可。我觉得那些梦太简单了；都没有睡觉，所以我觉得它们大同小异，有的更糟。除非不相信书。那该相信什么呢？她对我说：“我不知道自己想不想。”

我们开始了。她对我说：“是像这样吗？”而我，我对此一无所知。怀疑既让人兴奋又叫人疲惫。我们重新开始了。我什么都知道，而她在三分钟里发出了更柔的嗓音，像朗姆酒和蜂蜜一样在流动，流回到所有地方，舔着我耳洞里的细小绒毛，流淌在我的血管里。我淹没在潮湿的声音里，这声音有它自己的自己的灵魂，它爱抚着我、让我澄澈起来，我放任自己的时候她说："有什么用呢？"

不要，不要，不要词语！看在蜂蜜的分上，不要，我们幸福美满，你不记得了，我的女人，我的笨笨我的桃子，我们幸福美满，恬静祥和，日子过得缓而又慢，我们拥有一切时间。她抓住空气，把它切成四段，有，什，么，用，空气就这样弯曲、吠叫、呼啸，脑袋咬着那句"什么"，再也没有什么对任何东西有用了。

于是面对着面、鼻子对着鼻子，她嘴巴噘起、鼻翼颤动，我的眼前白白的，有鸢尾花在里面，我们相互吼叫；我们面对面地分开了。

"再说一遍。"

"有什么用？"

"回答！"

"有什么用？"

"没错！"

我抿着嘴唇，免得自己的牙齿朝她的喉咙扑过去。从近处看去，我发现她远远没有我想象的那么纯净，尤其是她的鼻角、她的褶皱。她的皮肤有三种颜色，甚至更糟。

“说点东西吧。”她的嘴巴说道。

好像我们说的是东西，而不是词语。我不知道她是不是想考验我，不知道她是不是不知道自己在说什么。不过，我还是试着说些东西，试着不去想这种努力有多可笑。问题是她提出的，其实她从来都不必这么做。而我，我什么都没有问。我告诉她每一件她喜欢的东西叫什么。要快些做，她眼神不好了，希望她在进入她的黑夜之前还能看到一些。如果自己面前的时间所剩无几，该要多么努力地去活。我从最简单的“大狗、小狗、蚕豆、豌豆”开始，见她并不讨厌，我就继续说下去，于是，跟她说了一些东西，各种各样的狗，各种各样的豆子，直到全说了个遍；都说完后，我就没话了。

他说她不在乎他，说自己在那里面渴得要死，从来没有一滴眼泪是为了清洗他而流，也从来没有一声叹息是因为爱他，还有她打造起来的那座想象花园，嗯？她是不是觉得他不在这里了，是因为他不在那里了？他监视着她，看着她迈着蚂蚁一样的小步子在两侧长着百里香和洋甘菊的小路上散步，看着她种下他讨厌的草，有薄荷跟马鞭草，好像他不在那里了，自从他不在了，每一次、每一次，她都重新开始，甚至都没有请求原谅，她不说我出去了、我要放松一下、我做了个梦，而是说我时间不多了、我知道你担心，她甚至都不会想起我，更不会因为我在或不在而难过，她贞洁、成熟、孤独，她拿了作为她嫁妆的土地，这土地丢在了新城里，我从来没有踏足过，她一步一步地把它展开来、丈量周长，宽二十五米长三十三米，周长一百一十米，正好是我们宽五米长六米的卧室的六圈，那是个漂亮的房间。她不慌不忙地沿着墙壁绕着圈，让苣荬菜和牵牛花攀爬上来，爬上来的东西都不是给我的，她赤裸的双脚在方石板上咯咯作响，啪嗒，啪嗒，她在看，她看见小块的红色跟褐色坍塌在自己长着黑黑指甲的潮湿脚趾间，她造出了紫菀犁沟里的潮湿温热，用专注的眼神压平土地和沙子，在硬得像皮革一样的脚后跟下压碎了灰色和黄色的石子，石子陷进土地爆裂的表皮里。她用她的全部重量向下踩，双脚翻着方砖、劈开方砖，她挖掘着，是笨重又迟缓的女神，是比干旱还要冷漠无情的高原母牛，在这片寒冷而贫瘠的土地上，从来没有过任何人，除了她。老女人，你把我的房间弄成什么了？你把我的婚床弄成什么了？还有你的沙发？这对乳房喂过奶，你把我的儿子们怎么了？十年来，这双手每个周五都给我涂抹、按摩，你把我的油怎么了？还有我的围巾跟八角镜呢？那可是能照出我气力的老镜子。镜子褪色了。气力也褪色了。枯。枯了。脸。脸蛋。努力？我没有停止努力，可我碎成了细屑，散成数千个为她而做的动作；我曾经爱着她，死后三十年依然爱她。我努力着，收拢自己所有的残余，我想去看她，想回去，想在她身上睡觉，我想重新来过，想成为最强壮、最有分量、最有智慧的男人，而且特别想，啊！我多想，只要她跟我说一次话只要一次，只要她跟我说一句话、一个字，哪怕只是我的名字、我父亲的姓氏、我这个大活人的姓氏，我就会原谅她、会回来，是的我会回来，我感觉什么都无法阻止我。但首先，她要清理、除根。她在我们的房间当中种了一棵树，晚上，她睡在远离我的地方，睡在一堵没开门的墙后面，睡在树的顶端，睡在茂密的粗糙树枝里，一片暗绿，好像她知道这种暗绿、这些树叶和这种气味会进攻我、驱散我，因为如果没有她的帮助，我根本无法对抗绿色和生命。任何一个女人都知道，如果自己的欲望能让死去的配偶拥有形态和颜色，那么他就在准备回来；难道她不知道她得造出我、生出我、在她的肉体里浇筑我的身体、为我去挖掘她自己的躯体吗？

我回答说："她知道。"

我坐在祖宅门口，门开着，我听见他的嗓音在回响，他喘着气、在羊角里叫喊，这只号角猛烈地进攻着空洞，自下而上地画出鲜活的圆弧，剖开空洞，而这空洞后面只有满满的寂静。她不会听到他的。羊角在号叫，在撕破我颤抖的皮肤。

他："她知道吗？"

我："她不是不知道，是不想知道。"

他："大家以前说我是老城里最美的男人。"

我："大家以前是这么说的。"

他："我那时候壮而不胖，柔而不弱，个子刚好，宽肩膀，细脚踝。我坚硬的双手一向只去打敌人；在她身边，我的每根手指都像小鸟一样柔软、像猫儿一样轻巧。"

我："你从来没有看着她。"

他："为什么要看她？我已经见过她了。认识她后，我都睁大眼睛看她，看到心坎里，看到生命的尽头，因为我想永远留住她，想远离时间的十字镐和刮刀；我向她保证，无论是以前、将来、还是现在，她在我眼里永远都是这样，直到我死去、直到她死去。

我："但是她在变；什么都在变，裙子变了，她的手指变平了，腰变宽了。淡紫色的斑纹爬上了她的腿肚，她胳膊上的褐色斑点变多了，脚踝变肿了。"

他："我没看到。"

我："但是她看到了：是得缩短一些动作、拉长另一些动作。"

他："她闻起来总是有股同样的薰衣草味道。"

我："那可是你的气味。她闻起来是薄荷跟橙树。她想念你的目光，她感到羞愧，她觉得自己被差别欺骗了，而她对你说：我变了！"

他："变的是事物。"

我："她不想听你说话，我父亲的父亲，她听到的、看到的是另一个人。"

祖父是个爱讲究的美男子。他穿着灰色斜纹布裤子，裤子上没有一个斑点。他总是穿着白色的袜子、白色的衬衫。

他轻柔地打理胡子。国王也比不上他俊美、整洁、怡然自得。但是她却说："好看又不能当沙拉吃。"他梳洗的时候会在浴室里唱歌。早上出门上班前，他会在六点钟拥吻我们。晚上，则是我们去他房间：进去前会先敲门。他爱看书。他喜欢看好书。

他结婚二十五周年的时候，家里人给他买了个灰色皮质书套。他喜欢维克多·雨果。他读莫里哀，想学习学习。周日下午，他会在阳台上看《历代传说》。他会喊她："老婆。"她不会喊他。

他在桌边拥吻了她一个小时，她说他让自己喘不过气了。周五晚上，他洗完澡后香喷喷的，这时我们喜欢去拥吻他。他吃面包、喝酒之前会做祷告。他的嗓音是什么颜色？那是一种非常非常漂亮的嗓音。没有人能让我们感受到同样的美丽和温柔。

他能说会道。人们从四面八方过来听他说话。有人特意从新城下来，有人特意从河水下游上来，就为了听他说话。从没见过商店里间少于三个人。

“他说什么了？”

“我们进来的时候，他说：‘我听你们的。’但其实是我们听他的。”

他说：“你们饿吗？渴吗？”他看着你们的眼睛、嘴唇和双手，观察你们需要什么。如果饿了，他会给软面包片，如果渴了，他会倒泡了橘子的凉水。他不会对身体没有调整好的人说话。从新城来的人散发着白粉和汗水的味道；他就给这些人打开后门，让他们从一堆堆的纸板之间钻出去，一直走到院子里的水龙头那里，洗洗头、冲冲脚。

“他说：‘对于只有两只脚的人来说，一双鞋够用了。’”

他说上帝就像爱着他的人。（其实不是。）他讲述着他听见太阳升起。

“而她说：‘好看又不能当沙拉吃。’”

“那他呢？等待幸福的人离死亡也不远了。那你在等待幸福吗？他说没有，说在白天，他等待夜晚，在夜里，他等待白天。”

祖父的存在是一种证明，证明伟大的潘①没有死，他穿越了两片大海，一片死了，一片活着，接着是两片被一条蛇形河流分开的沙漠，又越过了猴子溪和荒野女人沟，他在旅行期间变了很多。鞋底磨坏了，他变得厚实、迟钝、阴郁。到了西班牙后，他在1750年停下脚步，想拥有人的生活空间，他娶了一个英姿飒爽的高大女人，跟她生养了一种强壮又冷静的新人类，面庞光滑，手指坚硬又灵活，有唱歌天赋，但是只能在他们的社会里活下去。他们生活在方方正正的高大建筑里，那些凉爽的砖块里有茉莉花、无花果、一束束的光线。真好啊，拥有一座又大又深、固定不动、一成不变的房

① 指希腊神话中半人半羊的林神潘。“伟大的潘死了”一说出自罗马帝国时代希腊作家普鲁塔克（Plutarchus，约46—120）之手，后成为谚语，用于指强大政体的垮台。

子，真好啊，熟悉这房子的石头和形状，真好啊，住在这里面。他在这里结束了自己的不安和音乐，翻开了书本：房子又大又深、固定不动，让人想去雕琢、去看护。

一个世纪里，家族的人口增加了，女儿们走了，儿子们一个接一个地当家，媳妇们来了；光脚走路又不认字的是黑发棕肤的结实小女人。她们黑色的眼睛深情地注视着伴侣，想把他们养得肥肥壮壮的。有了儿子后，父亲们的肚子会比得意扬扬的黑黑小女人们更圆、更肥。他们有人填喂、有人爱抚，衰弱下去随后消失，而小女人们抬起眼睛，把长长的灰色卷发编起来，像姑娘们一样先是动作缓慢后又轻快起来。这些女人爱着自己的儿子们。

她不叫他，他无名无姓地生活着。他觉得要去尝试，应该什么都体验一下、什么都考虑一下、再什么都实践一下。生命里有上帝创造的一切，而祂自身也在生命里。感到惊讶是理所当然的，但只有他一人惊讶：他存在着，每天他都为此惊讶，而他夜里胡须四散地穿着宽松白睡袍起来去看星星的时候，那模样就像是上帝；所以同样地，他也能够走近生命。

她并不惊讶：她一身轻，大家对她没有任何要求，无事可做。她静静的、慢慢的，毫不在乎地压在时间上；无事可做，只需等待，有一天他会死去，而她会活着、会惊讶。等待的时候她总是睡觉。她一无所知，是个爱干净的高大女人，每逢周五都热情地打扫家具，不漏掉任何一张椅子的任何一条腿上的任何一处木头线脚；她胃口好，喜欢琢磨水果和蔬菜，四季让世界美好，万物流转让她心生平静。生活是不需要知识的。他在巴黎订购了昂贵的漂亮墙纸，让人贴在他们的房间里；这是她最喜欢的东西，像是喜欢一本书。在床头，她看着一条从前的小船，小船被压得沉沉的，载着穿戴考究、安安静静的人们，男士们戴着大大的羽毛帽，女士们高高的发髻上也有羽毛。女士们的脸又瘦又小、看不见眼睛，虽然想来她们身体虚弱，可是她们的胸脯又鼓又圆，和她的一样鼓，应该是因为穿了胸衣。男士们身形纤细、驼着背，有时候背都扭曲了，想斜着身体摆出漂亮的姿势，他们用一种新颖的方式把一条腿叉在另一条腿前面。水是无形的。不清楚他们有没有结婚。整个船队一动不动地航行在四面墙上，墙上还有五十四座岛屿，岛上的音乐家和年轻人在陌生的树底下等待着。他把她抱在怀里，她上了船，没有告诉他自己要去岛屿上的年轻人那里，他们会照顾她、会唱歌。随后他们动了起来，而她是这五十四座岛屿的女王，所有人都在岛上勤勤恳恳地耕作，来讨她欢心。

她说：儿子。晚上，她一个人待在铺了方砖的房间里，年轻、成熟、粗笨又贞洁、白皙而丰满，闻起来像土地跟薄荷；夜晚吞没了家具、你的婚床和八角镜，舔舐着墙壁，刮擦着地板，让土地和灌木丛冒了出来。她白发散乱，在意外之流里前行，空气环绕着她的膝盖、腰带，将她抬起，一直把她带到厚厚的花冠那里，有一个人在等她。在上面，她的长发比夜晚还要黑，她的双手张开，掌心柔软，她的嘴唇念着这个名字：儿子。

人们叫他："儿子……"

我听到了父亲的父亲听不到的东西，看到了母亲看不到的东西，可是我没有把这些说出来，我太忙了，忙着抵抗记忆的上百种声音，它们在羊角里东奔西跑、叫个不停、撕破我颤抖的皮肤，我想抵抗，压力增加了，嗓音喘息成风暴，围绕着我骨头上一个个无辜的棱锥体，一片微小的大海摇晃在我的腔壁之间、拍打着每个出口，嗓音使劲儿靠在我的鼓膜上，波涛走了、打个转、又回来了，房间向内弯曲，在我所有父辈的嗓音中转动起来，我听到词语的声音在自己敏感的骨头上回响，气息卷起各种巨大的声响，呜—噫—哦—噫，呜噫，有三条线，雷声、寂静、痛苦，它们喷射而出，三条颤抖的线结合成一个斑点，合成一片号叫着散开去的猩红色，好像我所有的血管都汇在了一处深渊里，嗓音在那里喘息，想吐出我所有的血液，飞逝着流向过去；我受他们的血液召唤，又紫又烫，微微地抽动着，我想克制自己，于是往上走，回到那毫无边界的沉闷空间，发出微弱的回声，我在我的血中维持着令人窒息的安静，这种安静在天际变成了紫罗兰色——我们可真老啊！——头顶上，在天际变成词语的声响弯成一道道曲线，我想抓住它们、收到它们，可我抵抗不住那个嗓音了，也没有继续围着用自己小小骨头搭起来的塔收缩，我屈服了，屈服了，耳朵啊，我只是我自己，上一代的耳朵啊，它知道我的父辈们，连着我们这家族模糊的缘起，记忆敞向他们的经历。

听着，我们儿子的儿子-女儿你听着（我在听），听着，孩子的孩子，我听着的时候波涛在吮吸、拍打着我的每一块小骨头，快速旋转的空间抹去了变成白色的外部世界，快速展开的时间抹去了外部的年岁，一切都混在一起，而我摇摇晃晃，我是儿子、是女儿、是我的父亲、是他的父亲、也是我自己的儿子，我不停地想起自己，我接替着自己，没有忘记自己，他们对我说“要知道”，还说“要记住”，我知道，他们对我说，“要成为”还说“也要回来”。而那个嗓音邀请我过来：“来看看吧，来看看吧。”

我在外面检查情况：那头野兽没有动；我知道，或者说是我记得自己在没有时间的空间里，在记忆的耳朵里。我要去一个规律的世界旅行；从那头野兽张嘴叹息到它在一大块空气上合起嘴唇，我有时间越过三个年代、见证三场出生和三场死亡，身处迷宫之外。我看到父亲出生了、他的父亲出生了，还有我自己出生了。

我得先说一下我回来时会记住哪些事情：

1. 看起来，这些出生发生在从肚子里出来的之前一小会儿或者之后一小会儿。是之前还是之后？我确定不了。

2. 我没想到个人在事件中的参与竟然也是重要的。

3. 性别的确定与解剖学和生理学的需要无关，所以从肚子里出来后经常会发生撕裂或者矛盾。

4. 从各种可能性来看，除了我们家庭所生活的世界，肯定还有其他世界，也许是我们世界的附属世界或者平行世界，但很难进入。

5. 唯一确凿的区别与性别、年纪或者力气无关，但是与生者和死者有关：前者拥有所有力量，却不懂要经常去使用，而后者只有一种无力的知识。

我听到了这些内容：

"你以前是我的小男孩。"

"对。"

"你来过我的房间。"

"对。"

"早上你在你父亲的白色房间里。"

"对，我看到他穿着背带裤出去了。"

“他在壁炉里点了一团红色的火。”

“对。”

“那是店铺开门的时候。”

“对。我知道自己有四个小时可以安排。但是不知道为什么。”

“你总是想来我床上。”

“对，我那会儿总是这么想。我以前是你的小男孩。”

“是我的儿子。”

“我在你床上看着日式衣橱镜子里的自己。白白的。我看着自己，白皙，修长，高大。你爱我吗？”

“爱。”

“你以前又瘦又黑，眼睛黑黑的，头发黑黑的，我之前觉得你老了，可我还是爱你。”

“那你现在呢？”

“现在还是爱你。我一直跟你说过我想娶你，但是你不相信我。”

“所有人都这么说。”

“但是我，我可是你的小男孩啊。你知道吗？你床上不好闻，有你丈夫呛人的气味。”

“那我开始了？”

“嗷呜”，这团火一边说着一边在风中抖动黄色的浓密鬣毛。

“嗷呜，我是你的狮子小男孩！”

“你会把我的脖子和手给咬断的，还有耳朵，你动得比我的手还要快，我一会儿右一会儿左地扭动着，笑啊，笑啊，猜不出是在哪儿了，我防备着自己的左边，咔嚓一声你的牙齿咬了右边，哎唷，你把我弄疼了。”

“不会的，不疼，我是你温柔的小狮子，我哪儿哪儿都吃了你之后，会哪儿都舔舔你。我会听话的，舔你的眼睛。就这样。别睁开，我已经用舌头舔了一下把它们合上了。”

“可我就什么都看不见了。”

“这样很好。我会听话的，我是你的小飞龙。”

“我笑得肚子肉上的皮褶子展开成了小波浪，痒痒的，放松了肚子，挠着我，让我鼓了起来，咬吧，感觉不错，我喜欢笑，笑得厉害，在我们家，女人们打骨子里笑得厉害，在当地人尽皆知，过苦日子的人有时候更喜欢笑而不是浓汤。我还年轻的时候，唱着‘见自己在镜中如此美丽，我笑了’，真是这样的，我笑啊，看着自己，笑啊。”

“别动，亲爱的小女人，我要给你一个惊喜。”

我四爪趴在她身上，膝盖在她的大腿之间紧紧并拢，双手放在她的肩膀上，我的脸正对着她的脸。

“睁开眼睛！看到什么了？”

“我的小男孩。”

“不对，好好看看，眼睛别转，直直地往前看，看啊，看到什么了？”

“我小男孩的眼睛，我那双年轻姑娘的眼睛，我还没有黑眼圈时候的眼睛。”

“不对，好好看看我这双你的眼睛，你在里面看到什么了，小美人？”

“在这双眼睛里，我看到一个穿着白裙子的女人在看我，好像是从前的我。”

“是谁？说出来。”

“是我。”

“没错，是属于谁的你，说啊，说啊。”

“是属于你的我。”

“好，结束了。我这会儿开心了。”

我为所欲为了，我一直想要的就是她，但是她没有认真对待我。现在我在想，想了很久也想不出来。我在等，她会的。

“我睡了；你睡吗？”

“试试吧。我不知道会发生什么，但是我感觉自己会知道的，我从来没有过这种想法，它会变得可怕，我的整个身体都在准备接受它，我不舒服，不舒服，我的身体分成数千块肌肉用来防守，我收起大腿牵拉着膝盖，膝弯硬了起来，准备跳跃，肚子绷得紧紧的，一只大手拉扯着我后背的每一根纤维，一直拉到尾骨，不疼不痒的火焰横扫我的大脑，什么都没有了，我忘了，在哪里，是谁，我，几点，时间，声音，什么都没有了，只有一种颜色。哪种颜色？唯一的那种，在里面，在上面，颜色，我是一块收缩的有色斑点，哪种？一种在空气中燃烧的颜色，飞舞着，重重的，是红色或者蓝色，其他的不知道，反正不是白色，白色是她，红蓝色，深色，在颤动，这块斑点缩成一团，她说：是我，她看起来是知道的，我在斑点里不舒服，感到羞愧，那个白美人她会怎么想，我丢了一切，除了她，她是白色的卵石、盘子、妈妈，她也许为我感到羞愧，我是她整个白色里的一块顽固斑点，没有形状，是蓝的或者红的，她也许忘记我了，她有过那么多其他的斑点，我想哭，想把泪水洒在她的眼睛里，我也许是她眼睑下的一块斑点，我想洒下点什么东西，我越来越小、越来越深，差不多是一个点了，只剩下被包裹的白色椭圆，在成长中一动不动，柔软无力，无边无际，我又硬又黑、又亮又硬，几乎已死。孤独。我突然害怕起来，重新挺直，缩成一团，朝高处而去，我同一时间做着所有事情，叫喊，出去，拍打，哭泣，坠落，攻击，杀人，睡觉，舔舐，吮吸，喝酒，就这样。我听到了自己的思想音乐，给小飞龙的一首摇篮曲，节奏跟给小宝宝的摇篮曲一样，但是要急促一些，像狮子的绒毛，我的妈妈，我害怕的时候和我聊天吧，恐惧啊舔舔我吧，靠近我，把我的母飞龙带给我，说说看，我吓着你了吗？”

“就这样一个劲地去找，我找到了。”

一找到我就跳起了舞，快乐疯了，我不知道找到了什么，找到了你，妈妈，不是另一个老女人，在所有年轻的、粗壮的、高大的、被关起来的女人中，在所有小姑娘、女士们、女服务员女邮务员女教师和其他女人、裹在你那件白色粗布小衬衫里的女人中，在所有女人中我都一直只爱着你，因为我从来都只爱着你，我看到你了，你并不漂亮，我感到幸福，你瘦瘦的，干燥的皮肤紧绷在突出的骨头上、裂开来，但你闻起来像是橙花，我皱巴巴的美丽花朵。

“我真开心，你真美，我为你感到骄傲，我一动不动，我在想你在想什么，我只能想出一点。”

“一旦找到就要行动，但是如果要行动就得有所了解。”

“我觉得无法了解：他长大了，我算着呢，我突然被催促着，什么时候？该怎么去了解，他今晚十岁，五月份就十一岁了。”

“我不用词语去想这个有些年头了，我不想询问，我想找到，我只知道自己想要什么，一个劲地去想着我就会变，我没有跟任何人说起这个，我快乐疯了。”

“我开始担心了。”

“我跳舞的时候在想，她开始担心了。”

“吓我一大跳，我在他身后看到了你父亲，那个年轻男人坚定地走进来，手指放在嘴唇上，赤裸着上身，右手握着一株海芋，神情庄重，我用唇语说，你在这儿做什么?”

“在我身后，父亲进来了，四十岁的年纪，戴着一顶黑色丝质无边圆帽。我伤心地停了下来，脑袋靠在他的胸膛上，我再也不敢了，我把自己硬硬的肚子放在他皱皱的肚子上，我应该是做梦了，我想立刻死去，死在她前面。”

“这很糟，我这样说了吗? 父亲说没有。”

我儿子的父亲神情庄重，和第一天早晨一样，他给了我从邻居家花园里偷来的海芋，还说：没有。

“我祈祷着，祈祷着，同时祈祷着一切，我用尽力气紧紧靠着她，想速速死去、忘记，我钻进了那件衬衫。”

“我就跟他说这不是一场梦。”

镜子里的父亲：难道我不美吗？在一个女人的虚荣心中，生活流逝，那个儿子爱俏，觉得自己长得美，生活眷顾他，她讨好他、奉献自己，他轻轻松松的，轻轻松松的，什么都不用做，什么都不用证明；他其实想配得上那些礼物；他吃了命运不公的苦头。他总是轻轻松松的，终于因为不痛苦而痛苦。他制定了各种各样的计谋。

有一天，父亲试着去死，想确认自己还没有死。或者也许是另一种情况：他试着想去死，来确认自己想要活着。可惜，试验失败了；或许是因为这个游戏幼稚、匆忙又激动人心，让他失去了理智。虽然目的没有达成，可他的举动还是吓到了所有人，除了他自己。

他不安、专注、急躁、迟钝，还是个左撇子。

在医院里，医护们认真照顾他，也担心他，这让人欣慰，他也许有过危险，医护们还小心谨慎地护理、说一些串通好的话来鼓舞他：“苦瓜脸来了。”“好啦，结束了”。他呢？被绑着，被一块白布一直裹到下巴，坐在三面环墙的房间当中，听从指令，他自己软软的，但感受着别人动作的镇定、有力，却没有因此不悦；他颈背松懒，眼神好奇地绕着高高的广口瓶飘来飘去，啊呵啊呵，不是他在叫，是他的喉咙在叫。护士阿姨们对他吼道：“淘气鬼，要是你不乱动的话早就结束了。”一个阿姨拿着玻璃杯，她的脑袋看起来像是一位俯身靠着摇篮的先生；一个阿姨什么都没做，看看他说：“张嘴，呼吸。”这是命令。他照做了。张大嘴巴。啊！快啊，这个小家伙要死了！呜呼，管子，呼吸，可是怎么、怎么、怎么呼？呼—吸，从哪儿？从鼻子，做不到，从来都没做到过；那就从眼睛吧。我们来试试，管子来插，眼睛掉进了头颅里，水愉快地咕嘟咕嘟，广口瓶里咕噜咕噜，啊！黑色，没有空气也没有光，可是……

他有一段时间是没有意识的，于是记住了一种愉快的中断。他醒来后才知道自己竟然做了那些事：他没有说“我在哪儿？”也没有说“我怎么了？”，也许是出于礼貌，也许是因为麻烦了别人觉得不好意思，他没有吭出一个字。而且，他太可怜、太失望、太羞愧了；他承认自己当时并不害怕，承认早就知道自己不会真的害怕，承认猜到了自己为什么兴奋：这不是他第一次表示确信自己是不朽的。有些事情没有说出来，这就是其中之一。

“你吓死我们了！”

“他真叫人难受。”

“好了，这抑郁症也没有很严重。”

“您叫什么？住哪儿？什么职业？”

他给了一个假的名字，假的地址。职业？诗人。不对，是人。不对。他应该解释一下。

“想法可真怪，你都给自己讲了什么疯狂的故事？大家都是爱你的啊。”

“我梦见死亡是冷漠女人中最美的一个，梦见她答应我，如果我同意娶她，她就活着。我梦见死亡对我说：来吧，我会充盈你的。其实，我感到无聊，你们也感到无聊，我觉得这对你们来说是一种消遣。”

其实，我想死，我想，我想，我想，我想，我想。

而他不想。

“谁不想什么?”

“他，我，他在那儿，侧躺着，像一条鱼，被包了起来，鱼鳃带血，左胳膊印着蓝黑色的斑点(说说看，这些斑点让你想到了什么？想到了那种叫作赭带鬼脸天蛾的飞蛾)，他在那儿，他不想死，紧紧攥住床边，我用尽全力抓住他的双脚，他的脚趾已经冰凉，可他却笑了，他笑了是因为有人把他钉在了生命上。他的左胳膊里有一条满是鲜血的血管在往上爬，这条血管里有一根连着管子的针。这根管子吸着一只固定在金属钳里的瓶子。透过瓶子可以看到房间的墙，那房间不过是现实中一座房子里若干单间中的一个，那房子哪儿都有人守着。”

不过我拥有过她，我的秘密父亲对我说。我不敢相信。从某种意义上说，我祝福她。但是我对此感到羞愧，羞愧到在词语层面上改变了她，又害怕，我在这害怕上套着跟瘦马一样脆弱的信念。我太累了。从某种意义上说，我知道自己的疲劳是有病理上的原因的，但是我不相信，我不想这样，否则一切都太简单了：我会接受精神分析治疗，之后会有第一次诊断，根据医嘱采取药物治疗，慎重起见，我会让一个同行证实自己的怀疑，然后按照一种战略的要求开始有条不紊地对抗侵略者，而这种战略，我曾经有一千次机会成功实施。这需要一点时间，需要很多耐心，还需要病人该有的单纯。最终，我会占上风，因为我听话。而实际上并非如此，别人占了我的上风：我太孤独、太年轻、太累了，而我之所以犹豫，不是因为不确定威胁到底是什么，而是因为不确定自己在我们的生命和我的生命中到底处于什么样的位置，我错过了那一刻，本可以从合适的一侧跳出去，我知道自己是谁、知道自己要去哪里，知道自己在什么样的时间、以什么样的速度离开。这个确信是我唯一的快乐。我看着自己的身体下坠，看着它离我而去，在我的眼睛里越来越小，直到剩下一个熟悉的背影，跟我的手指一样粗，我知道它不会回来了。直到最近，我还是不敢相信这一点。我太累了：从某种意义上说，我知道那一团压着我的肋骨、阻止我吸入空气的疲惫是由这堆向四处扩散的复杂思想组成的，这些思想把我带入迷途，朝向矛盾而去；然而，我从来都承受不了理智发出的冷笑，这些冷笑逮住满足的攀登者，那一刻他刚抵达逻辑山脉的顶峰，期待一片山谷，却只见黑水涌动的峡谷。我没有力气，肋骨听任处置，肺部变得干枯，心脏在挣扎。为了荣誉，我连续三个早晨试了三次逃跑，之前思考了三个晚上：我不敢相信，因为我想要死亡想到羞愧，因为我担心自己想要死亡想到正好推走了它，而我知道死亡有多么爱俏、多么喜欢听人祈祷。这是理所当然的。没有谁的死亡喜欢轻佻；而且，我明白它应该动怒了，也许在痛苦，因为它突然被一些人抛弃，可这些人曾经最炽热地催促着它、最响亮地号叫着。我是忠诚的。不过这不是一种美德；我是忠诚的，因为我不知道该如何不忠。一切都由此而来：我一直活得忠诚，自己却并不知情，我的生命和我的忠诚紧密相结，都无法将彼此区分；它们彼此定义，就像白天和光亮。然而，我来到了生命中一个再也不知道该如何忠诚的时段，无法去想要、无法去了解、无法去不忠；我爱着两种存在：如何既在这张床上、又在那张床上？我有两座房子，如何既在这座房子里、又在那座房子里？我可以轻而易举地做出回答：没有人能够同时既在这里又在那里。

二

我再次身处我生活过的第一个城市。这是我出生的地方，是父亲去世的地方。

我坐在一把扶手椅里；已经过了二十个二月份。我在这里等了他二十年，因为有人叫我等他，他不得不离开，但是他会回来的，他说我得等他。他是让人告诉我的，他走得太匆忙了，没能亲自对我说出这句话。蓝天长长的胳膊摇晃着我。我听了他的话：他让人告诉我等他，我说好的。不过我早就知道了。但是他应该不会知道我知道，我一直等到他再也无法知道。我笑着等他。不知道死人在想什么、又看到了什么。我就笑着。

后来我活过、改变过，但是我没有忘记，也没有停止对他微笑，温情地微笑，也是想帮他，因为我不知道他在地里等待终结的时候在想什么。后来他不再腐烂，即将死去。于是我走了，不慌不忙，不再有他，不再有我们，他的骨头在等待我的骨头，这一点我们都知道。

我爱人的骨头白得像鸽子的脖子。

水是黑色的，阳光勾勒出白金色的染色体，它们摇摇摆摆、挤挤挨挨、不分彼此、弯曲成形、相互吞食、重焕新生、追来赶去、分裂扯开，活动范围比一条锚泊的小船还小。所有阳光都坠入这片流动的水里。一只塞子穿过阳光，完好无损地从烧酒浴中出来。而我，我内心的黑水收到了所有阳光，但是没有留住它们。白金色的染色体无穷无尽地分开我的痛苦，每天，我的心里都会诞生出弑母小怪物，它将我撕碎，只照亮我一瞬，又把我的日常生活淹没在黑色的港湾里，我看到它在港湾里为她划桨，为那个手臂白皙的女人，没几天她就死了，而这个手臂白皙的女人是我的母亲。

乘客和机组人员之间是有默契的：定好从奥利机场出发、在白宫降落，觉得是天空让我们漫不经心。天空什么都不是。我们在它柔软的云朵里移动，我们硬硬的，它没有抵抗，总是如此。我们坐在天空里，喝着空气，可爱的乘务员训练有素，我们也训练有素。重复，女士们，先生们，啦啦、啦啦，我们正在飞行，即将降落，舱外温度是……请不要将您的任何个人物品遗忘在飞机上。不会的，不会的，我们不会在飞机上落下任何我们的东西……她们诚挚地朝我们微笑，真心实意地希望再次见到我们，她们有一双大长腿、戴着小小的樱桃帽、眨着纯真的大眼睛，这些送水的拉结说，喝吧，尊贵的外宾①。我等的是你。

不等我了。我们要下飞机了。我们站在狭窄的走道里，挤在一起，神情紧张，盯着机舱门。快点。往前走。我们是地上的人。

男友待在另一头。他叫我好好保护自己。我们这些文明人，总是想着保护自己，想着要在出发去

① 影射《圣经·创世记》中的故事：美丽的拉结在水井边偶遇雅各，给他水喝。

野人那边的时候穿上衣服。

大地！大地！不是我们的大地。

不是。

我不去想，我让我的眼睛去收集。来好好看看。列举一下。这双眼睛看到了什么。绿色。柔软，阴暗，弹性，厚实，沉重，翠绿。

看到了绿色。平坦而开阔的柔软田野。

一只，两只，六只。绵羊，正在惊叹的绵羊们，被捉住了。铺展开了绿色、绿色、绿色、绿色，一直铺到紫罗兰和玫瑰红的山峦那里。从我出发的地方开始，整座山几乎都铺上了一层浅浅的颜色。绵羊们看到了颜色。

哪些颜色？绵羊们被吓住了。像一些白色的碎片。不少人看着同样的方向。

开了花的金合欢。二月十二日。从五十米之外依然飘来悠悠的香气。是垂柳的形态。

棕榈树气味浓厚，像三十米之外恋人的手。红砖色的碎石，碎了，脆了。

我所有的机场都在我的头脑里起飞，从第一座到最后一座，再到第一座。姿态可爱。每座机场里都有一个人，不对，总是同一个人。这些场地属于长着坚硬翅膀的狮子。谁？一个人，总是同一个人。我的爱人我的鸽子。不是你的，我的爱人是我的。黎明时分，他的眼睛就是鸽子的眼睛，在晚上是受到惊吓的鸟儿的眼睛。

“好好保护自己，我的小母鸡、老母鸡、小鸡仔。我漂亮的小猫咪。”（小猫是吃小鸡仔的；剩下什么？剩下的都一样：生命、生命、生命。）我最后一个男友还活着。他会活得很久。

我还活着。

我最后一个男友已经活了很久。

起先我是害怕的，因为一切都还不错，它们简简单单而并不现实，因为一切都在我之前很久就开始了。后来我知道了，一切都开始在一切重新开始的地方，我再也不知道“现在”会结束在哪里，因为他说我们被创造出来是冲着未来和永恒的，说一切过去都已经被提前经历了，因为他已经为我们经历过了。于是他说，我们已经度过了一切、付出了一切、打碎了一切；甚至他已死了、我也死了，各自死在自己的过去里，我们每个人都在自己的故事里经历过了另一个人的死亡；于是什么都无法让我们感到意外，一切都已经存在过了。而其实，好像有时候我不认识他，但是能认出他，好像我永远也不会在“现在”认识他。所以说，在我不在的情况下死在那里的难道不是他吗，当时我还不会去拥抱他，我的嘴唇没能留住他身上的气味。而我在大洋另一侧拥抱的难道不是他吗？这片大洋不断把它自己的水融入到我血管里的水中。在一个和那天差不多的日子里，陪着我去中央车站的难道不是我最后的男友吗，他猜出来我过得不好，用一只胳膊搂住我的腰；可我有很长一段时间忘了这次拥抱，他的胳膊让我感到害怕，但是他跟我说话的时候是从容不迫的，嗓音饱满、平静而坚定，像是年纪更大的人；古老的时间压在崭新的日子上，他的嗓音从记忆深处传来，这份记忆因为与造物们千万次的相遇，因为不带有怜悯的同情而愈发沉重。这是一个或许二十五岁，或许有六十岁的年轻人，他有一种特殊的精神力量，积聚在他的嗓音和锐利的目光里，显得他比普通人更年轻、更年长，包括他的朋友们和我。一种明亮、沉重又平静的巨大力量占据了他深不见底的清澈双眼：我们无法在这双眼睛的水湾里看到自己，但是如果等下去，就能看到爱恋的眼神和生气的眼神交织在一起，它们来自所有我们爱过的人、忘记的人和守护着的人。

在另一个和那天差不多的日子里，我弄丢了他，就像曾经弄丢了父亲和我唯一的、唯一的、唯一的、自始至终的爱人。而他也是白白的，比我白。

丢在哪里了?

我来到这座城市身体的上方，它在它又黄又湿的被单下伸展，这时我想起来城市没有心、没有开端也没有结尾。城市在冬天里黏糊糊的，夏天时几乎像是一团气体，它朝每个方向铺展开去，一直铺到山峦那里、被岔口挡住，随后停下，软弱无力，一切冲动都降了温，没有中心也没有方向；可以朝右走也可以朝左走，这不重要。哪里都是热乎乎的。还可以永远都不把脚落在土地上，只要决定待在悬浮公路上，这些公路组成的网络里有不计其数的交叉线路，悬在地面上方十米处。我们是自由的。可以日日夜夜开着车，而不转进任何一个出口、一个入口。这城市的确很古老，但是没人了解它；而且没有地图，因为最好不去从事一份所需耗费的时间就会使之毫无用处的工作：一种缓慢却持久的爬行不断改变着地点的分布。人们最后采用了一套通用的指示体系，根据山峦和海洋的引导：那些具体的地点要么在这里要么在那里。有些区域比其他区域更好找，不过得看有没有智慧和意志。

我干脆利落地劈开了在我身体周围摆动的小团体，三个步伐把我涂成鲜橙色的窄窄身体一直带到房间边缘，右脚尖和下巴深陷在房间里。我问一个面带微笑的人出口在哪里，那人说还不知道，微笑固定在他的嘴唇上，金色文字组成的“信息”一词固定在他心口上方的胸脯上。那人很是善解人意，这不是他第一次无法给出让人绝对满意的回答了，但这是生活的一部分，我们习惯了。另外，到达这里的人们原则上已经被告知，不要对有关这里的任何消息做正式确认，而且所有人都不要说出什么。每个人都待在自己所在的地方。

我身板挺得直直的，像一根橙色的钉子插在寂静里。我站在被整个铺陈的空间当中，是这个面团中间唯一一个硬硬的尖头。

黄色、寂静的小小圆柱体立在连绵几千公里的悬浮公路边上。我伸直了脖子，用被黑色勾勒的鲜蓝色眼皮眨着眼睛。在被勾勒过的眼皮之间，两颗黑色的象牙球体颤动着，直到变成白色。在球体中央，有一片浑浊的水域。外面，在我头顶的象牙色颅腔里，他唱着浪漫的歌曲。蓝眼皮亮亮的，在黄色的寂静上方伸直了脖子蹭来蹭去。

这些歌曲白得像雪，从来没有落在热热的城市里，永远也不会。那人的嗓音洗涤了我忧伤而僵硬的身体。这个嗓音从远方而来、从东边而来、从更远的地方而来；寂静都退去了，又皱又黄又脏。在我鲜象牙色的头颅里，有一个人在说话、在哭泣：唱啊，他说，唱啊，哦唱啊，跟着我，填满我，唱啊，我身体的母亲、我灵魂的父亲还有我寂静的嗓音，叫我欧洲，用我们的时代来摇晃我，鞭打那匹把你父亲的父亲从汉堡带到汉诺威的马，为了一百年前的五分钟爱情，鞭打认得所有通向失望之路的马。一个眼睛油亮、头发橘黄的人打量着我的眼睛。另一个人问道："你什么时候生的？在哪里生的？来这里做什么？待多久？待在哪儿？跟谁？为什么？谁？你来过了？多少次了？"我两百年前出生在威斯特伐利亚，三百年前出生在西班牙，六百年前出生在巴勒斯坦，一百年前出生在非洲，从那以后，在其他地方出生了一两次；在沙漠；要待多久就待多久；不跟谁一起；没有任何原因。（我拯救了自己，我害怕死去；或者说是害怕出生；我想过：在那边，什么都没有，什么人都没有，可以抵达那里；可以找得到；找到我？不是找到我，但是谁知道呢，找到一条痕迹。）从没来过；我曾经想过，有一次，很年轻的时候；我之前想要来，曾经想要来过；想过两次，和他一起；他在那里，我认出他了，他的特征还都在。一颗星星在他的胸口中间闪耀。一个笑容在他的睫毛之间闪现。他的脖子又粗又白，眼睛一动不动。

他。

我在他周围，在他里面。

我们。

死亡在我们周围，在我们里面。

我沿着小路慢慢往上走，两旁的墙比我高，长满苔藓，顶部缀着叶形装饰，我的心一抽一张，因为太晚了。我看到一朵白色的鸢尾花，只有这种花在二月里出生，它长的地方高高的，我的手急着想拔下它，却够不到：今天在这里不应该有白色的鸢尾花，因为太晚了。可它就待在那里，高高的，每天都能看见它。它日日夜夜展示着自己的活力，白得叫我不舒服，因为太晚了；我一点点地适应了，后来在第六天突然明白它是一个信号。我特别相信黑色和终结；我忘了大自然知道一切，也许是上帝或者是他自己把这朵花种在那上面的，以此肯定地告诉我一切都的确结束了。因为我会想，既然没有开始，那么一切也不会结束，而如果一切都耗尽了，我也会失去过往，这种想法把我从阳台高处抛到所有意义都溺亡的港湾里。因为我靠着自己的痛苦遗产而活，我睡在撤走了很久的屋顶下，让我心脏跳动的是丧失。因为有过一个开始，有过终结，而我吸食着它们两个的养料。

这朵鸢尾花对我来说已经不可或缺。我炽热地看着它。每天早上，我都在黎明之前起床，好第一个给它投去目光。从前，我在他前面睁开眼睛，让他在我的目光里出生。我的眼睛贪婪地看着他、抚摸着他、记下他的样子、透视他的身体、清点他的方方面面。我本想数一数他身上的毛，给它们每一根都起个名字表达爱意。我熟悉他的每一块斑点，夜里，他的皮肤天幕一般展开在我的眼睛上方，我熟悉那里的每一个星座。在他皮肤的影响下，我开始凝视天空，开始用行星的名字向它们打招呼。

昨天我下坡去买了东西。城市在缓慢地死去，和我一样。我想，它也被抛弃了，我还看到自己的麻风和裂口铺展在城市的墙上。脏得叫人厌恶，垃圾恣意地堵塞着街道。纸张，用刀开了盖子的罐头盒子，一只开裂的篮子，各种各样的鞋子，橘子皮和香蕉皮，还有大大的纸箱，它们拦住了街道，我的灵魂也是一座衰败的城市吗？我脏得叫人厌恶吗？我坐在一张长凳上，一旁是个一动不动的老人，另一旁是个脸上污垢厚得能当装甲的盲人。没人给他清洗。他用一只黑黑的手拿着自己的罐头盒子，这只手上没了两根指头，但我不知道是哪两根，因为另外三根扭曲得缩到了一样的长度，而且手指尽头的三块指甲折了角、有几厘米长、扭成了麻花。没人给他剪指甲。我给他清洗了身体，给他的双手双脚喷了香水，还给他剪了指甲，因为他是我夜晚的国王、是我黎明的孩子。我坐在老人和盲人中间，引来了注意。他们没有给出一分钟。随后一群黑色小豺狼一样的人过来嘲笑，冲着我穿了好鞋的双脚辱骂。这时我多想思考一番。我付钱了。我像我听说的英国游客那样特别慷慨地给了一张大额钞票，让他换成零钱再分享出去。他笑着跑走了，也跑得最快，但是我说过：分享出去，一群人数越来越多的乌合之众追着他跑。在盲人的盒子里，有几枚两分硬币，一枚一法郎硬币，一颗橄榄核还有一颗花生。为什么他把橄榄核去掉了？没人给他清洗，没人给他指引，很久没有人跟他说话了，不过他是能听到的。但是对盲人而言，生活是无用的；我左手边的老人没有动。我右手边的盲人摇来摆去。硬币当中的那颗果核还有花生无关紧要。但是钞票和斗争、叫喊和大笑、像墨丘利一样足下生翼的生活，这些让他的眼睛更难受了。我独自一人，没人给我清洗，我有钱，但是没人给我清洗……而我死去的眼睛遭受着生活的痛苦。如果没有眼睛，我就看不到我的白色鸢尾花了。

我跟盲人商讨起来，我们的脸转向广场另一侧的高大清真寺。这座清真寺没有我的鸢尾花白。但是他看不到清真寺。我思考了一分钟，付了 50 法郎。疯狂的正义精神告诉我，这是我欠盲人的。我在他残手的手背上放了一张钞票，我说注意一下，是五十。他明白了。他激动地晃着长了白眼睛的脑袋，用又快又听不懂的嗓音跟我说话。左边的老人跟我说他想要钱，但不是要一张钞票，会有人从他那里把钞票拿走的，不应该给他钞票。我说可以给他一顿饭、一件衣服、鞋子，老人和盲人一直在商量，盲人躁动不安，我只想思考一分钟。他决定要鞋子。老人负责这件事。我走远了，一个人，也累了。太阳很高，没有一片云朵留下。我不知道如何估量盲人有多悲惨。但是我知道自己的痛苦有多疯狂。我的灵魂里满是比人命还要珍贵的事物。我没有告诉任何人，因为这世上谁都不会原谅爱情的可怖之处。这三个苏的指南针值我的一条胳膊。他为了我的一个孩子把它买了回来，我保留着它。他母亲在1935年拍的这张照片比所有博物馆里的宝贝都更珍贵。她红棕色的头发、朦胧的身形、只见笑容的模糊面庞，许久之前就抹去了我青春时的激情。我的伦勃朗们，我的格雷科们，我的安格尔们，都消失在了这笑容里。因为她把他带走了，我像尊崇圣母一样尊崇她，可我恨她，因为她把他带走了。她不了解在自己腹中长大的那个人。我的肚子上千次渴望让他充满自己。但我孤单一人、空空的。

我又沿着小路往上奔跑，心口紧紧的。我咒骂自己轻率。哦上帝，让我找到它吧，我就想找到它，真的就想找到它，我本来应该知道这一点的，但是我在之前很长一段时间里没有任何渴望。如果没有它，我什么都不想要。我不知道，哦上帝。如果它不在了，一切都会重新开始，一只苍白的手张开来扭断我的脖子。我想要它，我想要它。

它在那儿，它还在那儿。眼泪的波浪涌来，浸湿了我心里的根。我已经有几个世纪不曾呼吸了，现在我在呼吸。常春藤下面有台阶。我踩过之后才发现。我把双手合在它白色的头上，用嘴唇亲遍了它的肢体。它白白的，你也白白的，你比我白、比我纤细、比我美，你比我年轻。

“您想要它吗？”

园丁看到我了。我认识他，这是一个弯了腰、缺了牙的温柔年轻人。我昨天看着他移植了天竺葵。他收拾起土地来缓慢而有力。

我不想让他把它给我，我不想让他碰你。我都不想让他靠近它。我的手指覆盖着它的头，犹豫了。它是我的，它只能是我的。生活属于捉住它的人，爱情属于捉住男人的女人、属于捉住女人的男人。

然后一切重新开始。我起先犹豫过，甚至抗拒过。我从来没有在一个如此混乱的时刻拥有过如此简单的情感。这种情感当然不是好得无可挑剔。它太柔软、太完美、太整全了，它自己闭合起来，像是一座花园悬在城市上方，城里数百万惊恐的人们从来都只见过地铁票和电信号在绽放。

“只有会腐坏的东西才是好的，而如果那东西极好，就不会腐坏。”这种激动是会腐坏的，它已经腐坏了，但是没有留下任何腐坏的痕迹。那个男人在微笑。神圣的律法和赐福、边界和大陆，它们在叫喊、在警告：想升上天空、想认识世上所有尽头的那个人是谁？虽然我不乐意，可他的笑容还是在我的嘴唇上笑了起来；就像从前我的嘴唇为了对父亲微笑而张开。这个男人怎么会拥有专属于孩子的微笑？我曾经是他的母亲，他曾经是我的儿子，在我们之间不能有任何人。他的儿女们围着我，他本来是能生下我的。而我会笑的。那是唯一一束我们在其中共眠的阳光，那是十年前了，有他有我。

他的第四任妻子爱着我，而我爱着他。他的母亲爱着他，他的孩子们爱着他。他的父亲不爱他：那是个死去的干瘪高个老头儿，他把数百只从埃及带回来的圣甲虫当宝贝。这位考古学家不喜欢生命的迹象；他觉得碧玉的金龟子比自己的儿孙更宝贵。他给我展示这些虫子：一群群纹丝不动的大军让他得以喘着气。因为它们，他害怕死亡。我揣想着这个有恋物癖的人感受到的那种卑劣的焦虑。他本来很希望自己的灵魂能够不朽。他憎恨自己的儿子、憎恨生活，因为他那些年孤独的挖掘工作只是为了自己的想象而做出的虚荣之举、而遭受的折磨，他憎恨突然在阳光下冒出来的金龟子，因为他该把自己的上百只昆虫留给儿子了。每一只金龟子都是一份凝固的仇恨、一个死去的孩子。夜里，他有时候想，这些畜生会像一群飞起的蚱蜢一样扑向他，把他啃到只剩下骨头；这是他想要的死亡。我是一个小偷，他眨着眼睛跟我说。是的。和小偷一样，他害怕小偷。

我在阳光下沿着一条条无尽的大道走着，没有遇见任何人。这座城市里的道路从海洋一直延伸到山峦，这些山峦像是一条条笔直的墨线被颤抖着拉长了三十公里，无人踏足。如果不能结束，开始又有何用呢？一辆辆玫瑰色的闪亮镀铬扁平大汽车沿着河道往上开，在悬空的人行道和岔路上分成六个一模一样的车队，还用玻璃眼睛盯着我。我没有遵守惯例。但是谁都没有停下，因为从来没有谁打断水流中鱼儿的节奏。我手里拿着一朵白色的杜鹃花和一根粉月季的枝条，我的舌头在聊着生命和死亡、爱情和法规，它知道自己拥有一切智慧之力，或者说是一切疯狂之力："我不想变成小偷。但是我已经是一个小偷了，因为他笑的时候我也笑。我什么都没拿，我什么都不要。”

“但他什么都给你了。他说他会给你银高原上的金苹果。”

“我不想要。”

但是我不知道拒绝之路在哪里；所有道路都往上通向那座紫罗兰色的山，而且所有道路都散发着难以抗拒的魅惑香气。

谁?

他：在我们的每个夜晚，他都在我的胸口睡觉。他用嘴唇亲吻着我，从那以后，我没有和其他嘴唇有过来往。其他男人是有的。夜里，我在自己的床上寻找他，寻找我全身心爱着的那个人；我整夜都在寻找他，自十年前在美洲那边的最后那个夜晚以来一直如此，但是我只找到自己的身体，那是他从前给我的。我躺在另一个人身旁。

我们在他十年前把我们留在美洲的那个地方，我们在他二十年前把我们留在非洲的那个地方。我的爱人和我的父亲是同一个人，二十年前，十年前，他们把我拥在怀里，后来我有了其他男人，但是谁都不曾拥有我的灵魂、我的嘴唇，因为我在等他回来，等他用嘴唇亲吻我。

在我最后那位男友的身上，所有不是他的男人都在死去。

其他男人。最年轻的是一个革命者。那是个有抱负的强壮男人，胳膊短短的，都没法环抱住我。他等待着寒冷结束，我的寒冷、他家乡的寒冷。他在塞维利亚、帕多瓦、巴塞罗那向冰冻的人、凝结的人提问。他以前爱过一个维也纳女人，后来厌倦了，后来爱上了力量和狡诈。他说：

最年轻的那个人说：利布莱恩，亲爱的，你遥远又切近、热烈又冷酷、忠诚又不忠，我住得离你很近，离你住的地方很近。我心怀甜蜜地想起那里的爱，在米歇尔大道的“艺术”旅馆里，门牌号是40还是68还是其他的，周围有学生、黑种女人、瑞典女人、瑞典女人后面的突尼斯人，在医学院路上或者在其他路上也有，我不清楚，那是一条小路，有很多其他的路、大道、死胡同，还有小酒馆，挨着你们的圣母院，有它的塞纳河和我的塞纳河。

“我每次去巴黎，都会紧紧挨着书本、自由的人，还有非常非常好吃的可丽饼和贝类。有时候天冷，有时候天热。房间里总是热的。哦你是我的冰女人、不讨我喜欢的人、我渴望的人——没打仗的时候有人这么说。我有好几个月、好几年没有去巴黎了，因为我还没有摆脱寒冷！但是我很快就会去巴黎，过几个月或者过几年，我想用新的双眼去看暖融融的先贤祠。

“我有一次回了马德里，有一次回了法国，有一次回了家里，我找到了你的一封短信。在圣塞巴斯蒂安的那天是 24 号，冷，我生火取暖，诸如此类。你那会儿在做什么？她教育过你了。但是你过去对我不好。现在也总是这样。

“想想就知道，你总是外冷内热。我喜欢又冷、又美、又理性的工作，政治是冷的。但它里面是热的。我喜欢让政治走进它起效用的地方，我喜欢带着它回我家、去你家、去她家、去他们家，再去他们家。我喜欢那些工人，他们建造着他们不喜欢的东西。这虽然幼稚可千真万确。我喜欢先贤祠，这东西冷冷的，它里面更冷。我喜欢中产阶层的舒适，但是不喜欢身处中产阶层。

“我从现在起等待死亡结束。那时我就能真正摆脱寒冷。在此期间，我得生火，生很多火，生所有的火。你的短信又小又冷。我是想给你写信的，但是有几个朋友来了，我又得出去对抗寒冷了。”

他走了。有时候我会想起他，因为他最年轻，因为他的胳膊短得抱不住我的腰。那是个精力充沛的粗野男人，他喜欢爱情和政治，但是我们说的不是同一种语言。只是我们讨厌的东西是一样的。

于是：

“我想你了。”

“我不喜欢想，我喜欢行动。”

或者：“你喜欢写信，喜欢收信，你生活在想象里。而我的生活里东西太多、人太多、行动太多了。我觉得您生活在文学里。”

“为什么叫我‘您’？”

“这个您是自然而然说出来的。”

“你把我想简单了。”

“什么账单？”

“简单！”

（我得跟他讲讲一些事情、一些梦。我梦见自己去革命了。有一支叫作“圣灵”的庞大军队，我叫喊着，想让军队停下。）你对我有很多想法。

“人们看不到事物的真实情况时往往就会对它

产生想法。”

我说：

“来看看事物吧。你会看到的。”

我说：

“听我说，你还年轻，有一天你会了解我的。”

“我对时间很敏感。”

“时间一直都存在。”

“不是所有人都这么认为。昨天不像今天。从这一个小时到下一个小时，我完全不是同一个人。我遇到的事情、拥有的东西，都和我一道在延续。”

“那事物在跟你一起改变吗？”

“它们改变我，我也改变它们，我改变它们，改变后的它们又改变了我。你应该多看一点马克思。”

“我不是什么事物。如果你一直在变，那么你又是什么。”

“我一直在变，因为我没有死。我希望明天能见到您。”

“你的嗓音真难听。”

“为什么这么说？”

“你说了‘您’。你觉得人在某一刻是事物。”

“不，我只是在使用，我想被使用。我不喜欢空洞。”

“对你来说，实在感需要通过身体实现。”

“不，不总是这样，得看情况。喜欢的东西就要去拥有。”

“那么有一天，我会拥有你一点。”

“那么你拥有我的时候我已经不在这儿了。”

“我不是那种担心明天不会到来的人。”

“我有很多事要做，但是不知道这会儿要做什么。爱是一种非常深奥、非常丰富的关系。有很多人要去了解、要去爱，不可能什么都做：我做那些我想在三十二岁时做的事情。四十岁的时候，会有其他要去爱、去了解的人。世界很大，人也很多。”

世界很大，不是巴黎、伦敦或者巴塞罗那。它很大。

时间也是一种很大的东西，比我自己的时间要大得多。时间和世界和人只能相遇一次。

“过不了多久，在很大的时间里，你会找到另一个人，然后是另一个人，然后是另一个人。”

“我的时间属于我，属于其他人，属于其他地方。”

“那么，就到明天吧。”

有一天，他走了，我不知道具体的日子，但是我知道还有很多其他的日子，他也知道如何度过这些日子。他笑啊、吃啊、喊啊，他喜欢做年轻人，他的眼睛黄黄的，有时候黑黑的。

每天我最后的男友都会把手伸给我。他的手是鲜活的，六条血管绕着手腕。手掌弓起、退后、凹下去；我碰了碰，它热了起来，燃烧着，湿漉漉的，展开来，伸直五根手指，几条血管平了下去、跳动着。上面是一张脸，皮肤僵硬，用尽全力地绷着，好遮掩脸颊上的抽搐、压住额头上想要皱起来的褶子。一切都服从于寂静的指令：有很多好奇的人、敌人、冷漠的人、动物。皮肤。皮肤软软的，夏天像涂了铜，春天有点琥珀色；在秋天，皮肤燃烧着，雀斑后面是凉爽、安静、谨慎。你充满活力。你让我休息得充满活力：他喝醉了，无声无息地爆发，他带来养分，他冷酷无情：一旦品尝过这休息，我就还想要。你那么有活力，可是你永远都不在这儿了。你做不到，你还活着，你活在你的生命里。有一天里满是灰尘、皱皱的纸张和堆到边的垃圾，我再也不知道该把自己摆在哪里睡觉了，我对他请求道：

“给我个什么东西吧，求你了。”

“拿着吧，这个给你。”

是一只手，光溜溜的。

“你把这个给我是要让我保存吗？”

“让你保存。”

这只手离我的脸很近；我的脸在一个堆满垃圾的日子的尽头，不过这只手跟这一天之间的距离相当于月亮上的水跟我嘴唇之间的距离。

“我可以吗？”

“你可以保存它，一直保存。”

“好的，那是每天都保存吗？”

“如果你愿意的话。不过要记住。”

记住。一直记住。尤其是记住他。

“我们不总是知道存在的是谁。只知道是一个男人或者一个女人，或者一位女士，或者其他人。我们不确定。也可能确定。以前，我觉得所有人都是知道的，我在等待自己知道的那一天。曾经相信这一点的是我；没有别的人相信，但这并不重要，因为在这个世界里，我们可以在任何时候以任何方式成为任何一个人、任何一件东西，金钱会响应任何事物，任何事物都比我们安静、晦暗。”

如果我们愿意，我们可以成为任何一件东西。

我最后的男友，就是还活着的那个，说我是他的小母鸡、他的漂亮小猫、他的鹌鹑。我并不确定我是什么。不过我相信他，因为他是好人。但是我记得有一段时间里他一成不变地说我是他的小羚羊。

“我问：‘我是鸟吗？我是动物吗？什么时候是的？为什么？’”

我问这些，是因为我不知道我们是谁，但是我觉得我们在可能的极限之下可以成为我们想成为的样子。我不反动：所以我总是说“我们”，让所有人都清楚我待在共同体里，让人民、每个人，还有愿意加入的死者都清楚。我只是问自己，我是谁，我想成为谁，来避免一切错误。我并不看重对自己的定义，人们可以对我下定义，“我们”比“我”更重要，这一点我可以证明；我最好能够知道一些东西，这样就能更好地和我们在一起。有些问题是首要的。“您是和我们在一起的吗?”对于这个问题，我回答说：“是的。”这是最重要的。于是我们知道了，我也知道了，我们是和我们在一起的。没有和我们在一起的人就不存在。人们说他们藏在我们当中。我活在隐秘的恐惧中，害怕我是不自知、不情愿地和他们在一起，而我最热切的愿望是和我们在一起。这就是为什么我想知道我们是谁。

这几天，我最后的男友说我们被超越了，就剩我们了，他用英语和德语说了两遍“就剩我们了”，还说我是他的全部，是他的全部，我对他来说是全部，全部的他是我，我是全部；对他来说。有人能想得到我有多么不安吗?他说，这几天（1）我们被超越了，（2）我是他的全部。那么我就不再和我们在一起了?那么他和我在哪里，他们在哪里，我们被留在了哪里。我是全部吗，是海洋和高山，是时间和大地?或者，我是他所渴望的全部，除此之外什么都不是?我只是他想要的全部，那么这个“全部”是什么、又在哪里?或者，我就是他在全体里感到的孤独，在他和他们之间只有我这个全部，那么也许我什么都不是?

我无法忍受这个想法，因为这是错的，因为这不可能，因为我的内里在燃烧，而乌有却从来都不燃烧。

如果从内里出发，我就不知道我们是谁，但是我知道自己所是的一切，而我不是全部，因为我知道有很多其他人，他们并不和我一样待在自己的内里。

“我能为你做什么，”我说道，在期待中竖起耳朵。

“没什么，没什么。什么都做不了。”

就是说，我是全部，而我什么都做不了。所以我是什么都不是的全部，是空幻的世界，是没有生命的时间。在里面，我的火焰冻结了，我的心脏一下一下地泵出冰块，在火与非火之间的一种往与返，在随便什么东西之间的往与返，一边是我知道的一切、一边是我不再知道的一切，它们交替着把毒药注射进我的大脑。我知道，我无法知道。物品一动不动，他的眼睛从各个角度捶打着它们，但是什么都没有弄出来。他的手指不断地摆弄桌子，在上面，在边缘，但是什么都没有弄出来。他把头转向左边、右边、左边、右边、左边、右边，眼睛抬起朝向数千个魂灵，这些魂灵一串串安安静静地悬挂着。他把头探向安静的它们，没有听我说话。

我说：“你不是和我在一起的。”

我们争吵了起来。这是我和最后一个男友第一次吵架，我从来没有这样吵过，除了很久以前的一次。吵得像是一场决斗：先是我前进、前进、前进，我刺出一剑，他后退、后退、后退。然而我不想让他后退，我害怕，我想让他和我待在一起，我之所以前进只是因为想靠近。他撤退，我追过去，他以为我是在进攻，但我只想让他等等我，我停下来，在原地跟他解释，他还在后退、还在后退，我喊他，我叫着：你离我太远了！

“不远，我就在这里”，他说话时嗓音渺远，还笑了；他的笑声从另一个世界而来，不是我们的世界。

我不敢动了，交涉着，恳求着。

“回来吧”，我说。

“可我就在这里啊”，他在很远的地方说。

“没有，你不在这里。你把我扔下了，来找我吧，求你了。”

他说他在这里，但是他并不在，我知道，我们知道。而他说：

“是你扔下我的。”

我伸出胳膊冲过去：

“不是的”，我说，“我来了，我留下来了，我找到你了。”

我往前一跳，他向后一跳。

“你到底有什么毛病？”他说话时的嗓音匆忙而冷酷，听起来有怀疑的态度和金属质地的撞击。

“可没有，没有，我什么都没有。”

“怎么会‘什么都没有’？你总该有点东西的。”

“我只有害怕和爱情。为什么你要攻击我？我什么都没有，我只想守在你身边。”

“可我们就挨在一起啊”，他的嗓音中匆忙地竖起了路障。

“看着我，”我说，“看着我。”

“为什么？我看见你了，我认识你。你想要什么？”

路障升起来了，我几乎看不见他了。

“看着我，”我说，“重新认识我，我是你将来想要的一切，我什么都是，什么都不是，我是你现在想要的，别怕，我在，将来也在，看着我。”

他看着我，可我看到那不再是他了，他说他不认得我了。

“我对你做什么了？”

他问我他对我做什么了。什么都做了，什么都没做。能回答吗？冷。我们吃着东西，一切都存在着，我看见了他，他穿着一套灰色的衣服；双手伸出袖口，我不久前才亲吻过那双手。他的皮肤在白色的衬衫下铺展，我昨天还亲吻过。但是今天一切都结束了。我们中间有一张桌子，房间里都是走来走去的空洞之人。桌子上铺了玫瑰色的布。我是在一家真正的餐厅里把他弄丢的。

我想起他给我的那只手。如果没有他的手，我就活不下去了。这场丧失有时候动作轻柔得叫人痛苦：夜里都是他的手在动，我感觉到他的指甲，感觉到他在撕扯，剥开我胸口上的皮肤，我抓住这只手，是完整的，他回来了。手指啊手指，每根手指都在说话，跟我说是的，他回来了；我亲吻着每根手指，但是当我的嘴唇去寻找掌心的时候，我又一次失去了他，我跌落在他从来都没有想过和我一起生活的过去，因为他将我们的全部日子简述为“活着”。

我又在等他，我的白狮子，我的玫瑰花，我的父亲我的伴侣。

因为如果没有他的手，我就不能生活，我拥有一个心不在焉的情人，他越过我随便跟某个人说话。等待的时候，我们偶尔做爱。一旦分开，我就会忘记他的身体，他修长、真实、舒展的身体横在我的身体上，我只看得见对面楼房上永远立在那儿的实心墙，目光穿透情人的皮肤和骨头，可他是真实存在的。他已经被穿过了。我们说着话，但是一切都已经写下来了，我读着这些内容，都是用未完成过去时写的："那时候……"他说他很久以前就想这样做了。我说：为什么？他越过我跟随便某个人说，那是欲望的奥秘。我说：欲望是什么？我想要的是物品、物品、物品，一盏照亮一切的灯，一张玫瑰色的桌子，上面有一只手，总是同一只手。

我们两人都在说话，我在等。

“有什么新鲜事吗？”，他说，有时候他说“有什么新事吗？”。

“都是新的。”

“都是新的？怎么会都是新的？”

“我也不知道，我不知道。我说都是新的，因为你问我有什么新鲜事，我不想让你难受。我想如果我说都是新的，你会高兴。”

“我？高兴？为什么？你想让我怎么样？本来就只有我们两个。”

“可你一直问有什么新鲜事。我就想了想，觉得既然你问了，那就是说你想要听新鲜的。”

我冒犯了他。我以为他在期待任何人都没注视过的东西，以为他在强烈地期待着一切的发生。只需“想要”就足够了。但他想要的是让我脱下衣服。

这就是他想要的，在永恒之外。是新的。

“把衣服脱了。”

“为什么？”我说道。

“因为我已经渴望很久了。”

“有多久？”

“两年。”

这是一种漫长、平淡又单调的渴望，在他的肺腑里蜿蜒了两年。他设想了一些失真的形象，它们都不像我。他对我解释说：它们（1）让人渴望；（2）虚幻；（3）纯粹；（4）是这个。

（1）让人渴望的东西，它们是由社会进程和社会性地创造出的图像所激发的，依据某些模子，也许是依据某些漂亮的正典。

于是在1938年，他想跟女激进分子发生关系，他像一把被盗窃的枪一样直挺挺的；后来是他的母亲，这是个炽热而疯狂的小女人，遭受癌症的侵蚀，他想要她，连她的癌症、癌症的转移一起；后来他为了贾米拉的肉体和汗水而斗争，因为他是个爱慕女战士的人。他只有在集体的维度里才会满足：要在拥抱中模仿另一个人的气性。他喜欢上了苏夫洛街的一个酒吧女招待，胸口坠着雄赳赳气昂昂的大乳房，像《十月》中管理食品的女人。他去居雅街看《十月》，然后在那些乳房下面喝一杯，像个男子汉一样去与托洛茨基为伍，真不错：他只要伸出手指指乳房，就能在集体的陶醉中砍下皇宫里那些不死鸟的脑袋。

（2）在人那里没有什么是自然的，没有什么纯粹是生理上的，所以欲望就是幻想的主人。这是一种身体上的进程，由幻想之事开启。可以随便是什么，可以是阅读一本书，可以是一条巴洛克裙子，可以是一部和她一起看的电影，在电影里他成了另一个人，还可以是贪吃，是头发。

他渴望过我的头发。

“你真的想把头放在我的胸上吗？”

“我确实想把头放在你的胸上，但是我不想让你把头放在我的胸上。”

我不渴望他的头发。什么都不渴望。

“把衣服脱了”，我说。

我只是想了解他。

他的皮肤上有渴望的痕迹，那是魔鬼的形象，有舔舐、奢靡和所有人都迷恋的所有其他罪恶，包括骄傲和渴望。我之前就猜到了。

“谁让你迷上了这么多人？”

能看到有六个女人在他的胸口上留下了斑点，窄窄肚子上的斑点更多，我甚至在腹股沟里还发现了少年咬过的痕迹。

（3）让我堕落的是对纯洁的幻想。是淳朴的自然把他玷污成这样的，因为自然是堕落之物。如果想要纯洁，就得发生关系，但人们总是被自己清醒的神志所欺骗。发生关系。只有这个存在。

(4) 这个：我们通过“这个”找回自然。他经常做“这个”。行动是美好的。一切非行动带来词语。词语是生命的垃圾。而“这个”，即便是受到限制的东西，也是语言和生理之间的连接点。

我渴望着，咽了咽口水，潮湿了，我不再独自一人，有人在舔我，我不再独自一人。舔我，舔我，舔我，我们会是诸神的密探，我们会一起闹革命。他回来对我关心地说：“你该没有迷上我吧？”

但是集体、蛇、上帝、革命都不会在我的衣物上褪色，我在心爱之人的皮肤里接受打磨。

“找找看，想一想。”

“好吧。”

“回来。”

“来了。”

“我这几天会给你打电话。在那之前，想一想。”

这天早上，太阳升起来了。但是什么都没有改变。三加三，六再加三，九。一个个烟囱从对面的墙上冒出来。还有二加二，四再加四，八，八个小一些的烟囱，但是只有八个，没有九个。你更喜欢哪个，墙还是天空？人们总是更喜欢让人痛苦的东西。八加九十七。十七颗砖块牙齿在咬着天空。十七根插进上帝之眼的手指。去啊，咬他！

哦又聋又哑的裸露高墙，带些褐色，没有一点媚态。糙糙的，没有眼睛，没有在场的迹象。女佣。要了我吧。

她没有要我，我还是躁动得很厉害，一个个日子和一个个问题在不透明的身体上弹来跳去，但是她没有就范，我待在没有门的墙壁前。

我体验着“现在”和它的魅力。我皮肤光洁。现在我们起床、穿衣服、应答。我买很多裙子和鞋子。我看报，看着镜子里的自己。我和自己生活，我们会下馆子。

以前我是他的橙树。最后是一朵宽广无边的玫瑰。

毛巾是玫瑰色的，房间里空空的，所有桌子上都铺了黄色的布，但是看到了灰色的脚。要吃，他说。要喝。他对我说话。要吃，他说。为什么？

毛巾以前就是玫瑰色的，黄黄的桌子，灰色的脚。我看见长长的窗帘拉长了樱桃树的枝条，在一对对、一串串的果实下弯曲。

你是我的橙树，他曾经说。为什么？……他头发下的额角像一片石榴。我去轻柔地舔着。他额角上的皮肤和头发掠过我的嘴唇。我的舌头温热而苍白，温热地流着泪，舔着他的额角，我的牙齿在他的头发上。

“来啊，来啊。”

“不要，求你了。不要。”

“来啊，来啊，来啊，让我……”

要让人爽起来。

“我本来应该发誓说他不是犹太人的”，他边说边看着那个男孩。

“哦是啊，跟另一个一样，应该是个匈牙利人。”

男孩看着我。他点点头；“您理解我的，我知道，您猜出来了。您理解的，不是吗？”“是因为我心爱的人。”男孩理解。我们闭口不言……

“很久了吗？”

是的。不是。不是，在昨天，在昨天。昨天的獠牙插在了今天、昨天和每一个日子里。

在哪里？

啊，很远。说真的，我也不知道在哪里，在非洲那边，或者是美洲那边，但是我不知道，无所谓，什么时候、哪一个、怎么办、在哪里，很远，我那会儿不在那里。

“啊！过去，过去真恶毒，太恶毒了。但是也不错，好痛苦，我想说的是，痛苦是好的，不是吗？”

我不知道，我不知道，有时候我觉得什么都好。但是他那时候太遥远了。太遥远了。远离我的嘴唇、我的肚子、我的舌头。如果他在我的身体里死了，我会原谅他的。我会幸福的，我不会动的。之后我会动；我会舔他的眼皮、他的眼白，我会把手指放进所有地方，我会轻柔地把他打开，我会跟随手指上的动脉，我会吮吸他的心脏、舔舐他的内脏、抚摸他的腹膜，他的肌肉红红的、亮亮的，像石榴籽一样。

“啊！爽！来啊，再来一口。这儿！”

起先，我是他的橙树。丁香花的枝条伸到了窗帘上，窗帘沿着所有房间中最好的那一间的窗户铺展下来。丁香花后面有一只脏脏的杯子。那头野兽，也就是我的祖母，她总是说：“如果你想了解一个女人，就到窗帘后面去看。指甲也是。”或者相反：“每天至少洗十五次手的那些女人。”污渍、污渍、哦这些永远都不会流动的阿拉伯香水！我的指甲？完美无瑕，像睡莲的花瓣。如果你喜欢的话，那就是橙花的花瓣。是郁金香的花瓣。他的指甲？是我给他剪的指甲。丁香花的枝条跟下面樱桃树的枝条长着一样的叶子。我说过：这些枝条的绿是一种不存在的绿。樱桃丁香花园。

一切都在下面开始了。在痛苦的那么多那么多年前，一切就已经在非洲开始了。但是一切都首先开始于开始。

“菲奥雷的约阿希姆把这叫作变迁的世纪。”

“哦？这倒有趣。”

“是的。”

他们会相爱下去，直到每个时代结束，1260、1360、1460、1960。

1960年5月24日：“我玫瑰丛中的玫瑰啊玫瑰，我唯一的新娘……”

一切在加利福尼亚重新开始，在长着杜鹃和玉兰的森林里。白天的颜色像他的皮肤，当我闭上眼睛，他的身体就展开来，像大海一样包裹着我。

“我希望你收到了玫瑰花，应该有二十三朵红的和一朵白的。白色那朵是送给你的肚子的……”

我的肚子苍白而扁平，肚脐四周稍稍鼓起。我们在吵架：“克拉纳赫，我邪恶的克拉纳赫玫瑰[1]。——啊不！不，不，不是克拉纳赫。——你真美！——不，你！You’re beautiful. No，you.[2]”

他的太阳穴在头发下面。是什么颜色？一种奇怪的颜色，彩虹一般的红铜色，像是婴儿的胎毛。毛发的顶端像透明的丝绸，他的皮肤在厚厚的卷发下闪闪发亮。

床罩上也都是叶子。你注意到了吗？起码是在仲春时节。

“有樱桃，是夏天。”

“你爱我吗？”他说道。“你爱我吗？你爱我，”他说，“这是我们的小婚礼。你真的想要吗？你。”

“……我想到我们上一次笑的时候。你笑得更美。”（不，你的笑更美。）

他把头平放在我的肚子上。在我所有的情人中，他的脑袋最重。这颗脑袋无边无际，额头无边

---

① 指德国画家老卢卡斯·克拉纳赫（Lucas Cranach der Ältere，1472—1553）的画作《圣女多罗德接受一个小男孩的玫瑰花》（Saint Dorothy Receiving Roses from a Young Boy）。

② 此处为英文，意为：你真美。不，你。

无际，黑黑的卷发无边无际。这天晚上，他看起来像那家餐馆里的犹太人。他是故意的。比犹太人还像犹太人。我问服务员：

“您是从哪儿来的。”

“我吗？我来的那个地方不存在了。没有了。”

“哪里？”

“远，也不远。我的父亲母亲从布达佩斯来。我呢？我总是跟朋友们说：我来自我的床上。但是对您，我可以说实话。我来自以前。但是对其他人我会说：我是从我的床上来的。”

“我明白。”

而我，我是从我的床上来的。他的头在我的肚子上，又舒服、又难受。也许正是因为这个我才会爱他：他的头真重，他的额角真轻盈。他的头要把人压碎了。这天晚上，他挺开心，他金色的开司米领带扭在白色的衬衫上，卷发扭在额头上。他喝了很多，笑着。匈牙利旅馆老板在我身后蹦蹦跳跳。喔喔喔。茨冈人，茨冈人[①]。“要活着”，他一边对我喊，一边乱挥乱舞着手臂，“要活着”，喔，喔。

---

① 茨冈人，原文为德文 Zigeuner。

我笑了，我觉得是要活着的，但是我该转身向哪里，哪里？

“要吃。”

“一切都好吗？”

“都好，谢谢。”

他放在我肚子上的头重得像石头一样。一个莎乐美之夜。我们打断了它，亲吻眼睛、额头和嘴唇，把重重的脑袋放在他白色的肚子上，让脑袋冷却。

“甜品来点什么？”

“蟾蜍馅饼。”

“要活着”，他说。要让生活活着。如果没有我们，生活会做什么？

哦！算了。算了。我吃饭、观看、生活、上楼、脱下衣服，你也脱下衣服，你看到窗帘了吗？你爱我吗？爱。又是树叶。这儿是春天。

哪里？

听啊！我们的神，耶和华[①]和死亡。为什么你

---

① 出自《旧约·申命记 6：4》。

扔下了我？混蛋，混蛋，混蛋！你疯了吗？没有，我想到了一个人，我想想怎么说。还可以说：混球，混球，混球。

后来有了一朵无边无际的玫瑰。一枝白色的玫瑰从我的肚脐一直长到天花板。一切都围绕着它叫喊。我的膝盖在喊，双手在喊，眼睛在喊。

“你走吧，你走吧。”

我该转身向哪里，哪里，哪里？

最高的那朵玫瑰，是我想要的。

他停了下来，喘了口气。听啊。

“什么？”

“我说：听啊。”

“停？”

“你知道的，那个‘听啊’，是一口气，不是最后一口，是倒数第二口。它会来的，你能感觉到它要来，然后你就呼出最后一口气，一直走到尽头，耶和华是独一的。”

他刮着胡子，一切都好。吉列剃须刀片持久耐用，法国生产，注册号 1260、1360、1460、1960。

“再读一遍。”

不。

你闻起来真香，你闻起来像橙树。

是的，是的，听啊，一直走到尽头。

我会愿意的，只要你……

“好，好；但是之后，要跟着我。”

“跟着你。”

“说你是我的仆人。”

“我是。”

“说你崇拜我。”

“我崇拜你。”

“说你是我的崇拜者。”

“我是。”

“说你爱我的脚。”

“好。”

“说出来。”

“我爱。”

“说你爱我的肚脐。”

“我爱它。”

“说你属于我的手指。”

“我属于你的手指。”

“你想要吗？”

“什么？”

“我的手指，你想要吗？”

“想。”

“给，拿走吧，它是你的了。

啊啊！你疯了！她疯了！你疯了！”

为什么？这根手指被剁了下来。他没有想到会这样；任何人都从来想不到会发生什么事。老人说：痛苦带来舒适。还有时间，该做些什么。痛苦的事。或者是带来痛苦的事。我们知道要去做。

“可这是在干什么，干什么，干什么？”

他动啊、动啊、动啊，一会儿向右、一会儿向左，领带，啊不不是领带，我说道。

“蠢货！”

好吧，要吃饭，要让人爽。空气里全是橙树。真好闻。

“疼吗？”

“不不。不。”

蠢货！我当然疼，疼，疼，你是觉得就算我不疼也能剁下手指吗？像戳一个针眼那样？疼，哪里都疼。我哪里想他就哪里疼，我的整个生命都叫我疼痛，我对他的好和坏都叫我疼痛，每个不是他的情人都叫我疼痛。

“疼吗？不不，你知道我的，我不疼，看啊，你看我的小指头孤零零地待在床单上，在血液里游泳，就像一条蝌蚪，远远地离开了我的手，呵呵，它在逗我，你看，看啊，像红色水渠里的一条白色蝌蚪，疼吗？它离开了，可是我的手并不想它。”

而且是左手，一切都从左边朝我而来。我的左边应该知道他死了很久。它知道会发生什么。

快点，快点，快点。

“精神点，要来了，要来了。”

谁要来了，谁？你吗？你最好有一天能来，你，是的你在这儿，我也不知道你左左右右地在找什么，你认真对待我的——我的——这根小指头，它静静的、白白的，直挺挺又孤零零，你对待这根再也不会疼痛的手指比对待我还要认真。但是你知道的，我跟你说过，这是你的手指，而现在你属于它，我的手又新又美，值得这份困难，我想说的是值得这个痛。我们以前就知道的。

“还好吗？还好吗？你没有很疼吧？”

记下，记下，记下一切吧，我的记忆；听他说，听他刚才说的：他说：“你没有很疼吧？——您觉得呢？——不。我不‘是’很疼。”

是？我已经很久不曾是什么了（曾经是）（现在是）（是）。曾经是："一种完成"，但结果是什么，是什么！现下里是什么！是完成的形式让现下永恒。像他的额角在他的头发下、在我的嘴唇下。

他回来了。

“来吧，”他的嗓音说道，“我们去监狱，只有我们两个在一起，来吧，”这个嗓音说道。

我没听清楚，也没有看见他，就到处找他。

“再说一遍”，我说道。“你在哪？”我说道。“开灯，开灯”，我说道。

随后我听到他对我说：

“来吧，我们去监狱，我们两个在一起，我们会幸福的，你朝我打招呼的时候，我会跪下，会请求你的原谅。”

“为什么你要说这些”，我说道，既生气又悲伤。

我害怕，又开心又恨他。我又开心又害怕。我什么都不确定。

“来吧我们去监狱，只有我们两个在一起，我会告诉你一切，每天我都给你起一个新的名字，我会一直在那里的，你要告诉我一切。”

害怕流走了，欢乐流了回来。我太想跟着他了。他猜到了。

“来吧，来吧，来吧，我会对你好的。”

“可你本来就对我好。为什么去监狱？为什么？是你吗，我没说错吧？”

“是的，是我”，他的嗓音说道。（可这个嗓音……？）

害怕流了回来，困意流走了。不去听不去想，不去相信，相信不会相信。

“我再也不相信你了。你想从我这里得到什么？”

“我有点爱你，这就是全部。”

我思索着。我们之间的事情从来没有简单过，也没有复杂过。乱作一团。

“把手伸出来”，我说。真的是那只手。所以真的是他。来吧，我们去监狱，他说过。后来说：我有点爱你，这就是全部；对我来说，爱情从我骨头里的骨髓一直蔓延到他骨头里的骨髓，从这一天蔓延到另一天。但这也许是另一回事。我有点爱你，这就是全部。

他说这就是全部。有点。是啊这就是全部。或者也许有点就是全部。全部就是有点。什么都不确定。但是有他的手。我没有弄错。

“我会来的，”我说，“不过先告诉我那里是什么样子。”

“就是个简易的大监狱，一个不透明的白色六面体，周围是一座公园。我在朝西边的地方建了一座简单的法式花园。风会沿着环形的高地从那里吹过，吹倒花丛。”

“什么花?”

“海芋、菖兰、大丽菊、孤挺花、菊花。”

在高高的花丛里，有鼠尾草，有。

“够了，够了，够了，够了，我不来了。”

我不明白为什么，但是我知道要敬畏海芋、菖兰和孤挺花。这些花是不完整的，有形状没香味，有色彩没厚度。他笑了，他知道，他说：“听我说，西边的土地又新又松。我就睡在那里。听我说，那边的土地不热也不冷。”

“在南边，风会骑上一只大理石小狮子，小狮子的翅膀上有紫藤花环。南边是给你的。我在那里建了一座又窄又高的库房，遮一遮高台，里面都是苹果、桃子、玉米、割下的花，风吹过的时候，还有香气。”

“我来了，”我说，“你在哪儿，上面还是下面？”

“在下面，我等你。”

可他的嗓音？

有些时候，事物做出决定，有些时候，事物是有道理的。但不总是这样。

三角裤，裙子，哪一条，无所谓，不是那一条，给他的得是蓝色的，鞋子，右边的，左边的，我拿了什么，要有信心，看啊，我的刷子？残余痕迹，真是奇怪啊这种嘴唇信仰，在你之后再也没有吻过任何人。真的？差不多。是的千真万确。那，刷子？不。他要找我了。一切都留下了？戒指，指环。那为什么不是你的皮肤、二十岁和你的记忆？他要找我了。他来了。不是他。他。你会喊他的。

我在书写。困难。

然后呢？真实。我写道：我亲爱的树，他回来了。他对我说过：来吧。我说不，后来说好的。不要悲伤。我必须去，但是我会回来的。他回来了，可是我知道我会回来的。在那上面等我。不要悲伤。我知道我会回来的。

你怎么知道的？他的嗓音在我身上问道。

因为我知道你是谁。因为我知道你不是谁。还知道我是谁，他是谁，你、我、你、我们是谁，知道我、他、我、我们是谁。

一个活人怎么能跟一个死人生活？

我可以来，但是即便你对我好，我也不能留下，因为你啊你不会留下。

只要你有了形态，我就留下。如果你成了尘埃，我就回来。

他成了尘埃，我回来了，从同一条路回来的。我先是看到一群严肃的年轻人挤在一起堆着发黄的玉米穗，他们围着这一堆快速转圈，像蜜蜂一样。叶子不停地发出爆裂的声音。再远一些，我看到一群年轻人迈着缓慢的舞步横穿马路，他们边笑边挥舞着又绿又软又粗壮的玉米秸秆和长长的玉米须，臂膀活力四射，拥抱着天空的肉体部分。怎么会这样，同一条路上既有老玉米又有嫩玉米，而我却独自一人，独自一人，可我没有时间来发问，我被催着回去，我该回来了，我不该写这些的，我忘了写下来：我爱你，你怎么忘了？我想不起那个词语了，他拿走了这个词语，是我没有的词语。不过无所谓，因为我回来了。永远都不该说这个。

从他嘴里说出的词语是优美的。在我的嘴里，这些词语吞掉了舌头。他总是跟我说傻瓜的嘴唇会吞掉他自己。我还剩下什么？剩下我的嘴唇和我的恐惧。我的嘴唇咬了我自己的心脏。我回来了，活着比死了好，热的比冷的好，果实比草地好。我比他好，他比我好。我们会斗争的。

我走上去。活着的爱人比死去的爱情好。我打开门。睡着的人比说话的人好。他在那上面等我。我走进去，我在里面；昨天我在里面，今天是另一个日子。昨天那个日子，今天这个日子，外面那个日子，里面这个日子。另一个日子。一样的日子。也许是明天。直到什么时候？左脚的鞋子。为你的青春喜悦吧。右边的鞋子。我回来了。裙子。我穿蓝色的这条吧。事物做出决定。我为此高兴，谢谢。三角裤。两个人比一个人好。他在哪里，哪里就是温热的。你一个人睡吗？两个人一起睡的时候，就会感到暖和。

“你要睡了吗?”

“嗯。”

“往那儿去去，你把地方都占了，你睡了两个人的地方。你梦到什么了?”

“我看见一些石子；有一颗石子在动，它起来了，它过来躺在我的肚子上。它闻起来像土，硬硬的，但是它暖暖的，像你。”

“因为那是属于石子的时刻。请你睁开一只眼睛，随便哪只，我有事情要跟你说。”

他浮现在翻腾的空气里。鲸鱼是哺乳动物。

“你想要什么，小咪? 来点什么果汁?”（我想要我的幸福。别说这个。把它唱出来。唆唆唆发唆发。）

“开灯”，我说。

（一段扔石头的时间。）

“他回来了”，我说。

“谁?”

（一段捡石头的时间。）

“吉尔伽美什。”

“他是谁?”

一段用来扔石头的时间，一段用来捡石头的时间。一段时间，一段时间，一段用来拥抱的时间，一段用来克制拥抱的时间。一段时间，一段时间，一段时间，一段时间。

“吉尔伽美什。你不认识。我随便说说，想让你睁开两只眼睛。我不想让你睡两个人的地方，我冷。”

“来吧”，他说，两个人一起。一段用来拥抱的时间，也是用来克制拥抱的时间。

我回来了。

他在我的灵魂里种下了不朽的种子。从此，我们在与死亡的对抗中活着。活着的情人在与生的对抗中活着。

我说：我知道世界是怎么回事。它是自然而然的。

“什么意思？”

有一个方向。一个不可逆转的方向。一段斜坡。人唯一的武器是想象的力量。如果谁不想用它扰乱现在，那么他就是个死人。

他说：

“我爱她永无止尽，但是。”

“你爱我，但是？但是？**但是**。这个**但是**一直要到哪里？到二楼或者三楼。”

“我会做你想要的一切。”

“好吧。”

“你想要什么吗？”

“嗯。”

“要什么？”

“我不知道。”

她是为了拥有一些东西才去想要一些东西的。房子里满是东西；她一个劲地想要：李子？圆的、绿的、硬的？榛子巧克力，没有巧克力的榛子；威士忌？香味的气味对她来说足够了。

不，那天晚上她想要的东西没有。是死亡；吃掉黑暗，被吃掉，成为某种东西；她想被吃掉。该开始了。她激发不了饥饿感。她是用来喝的。

上千张嘴在她的食道里圆了起来，发出吮吸的沙沙声。她很快被喝掉了；不久，皮囊里就只剩下了心脏和子宫；心脏在危险面前蹦跳、翻转，像一只斗鸡；子宫收缩着，这两个器官轮流在痉挛中打开，窥伺着有利的时刻。

她一直都知道生命是复杂的，但是死亡要更复杂。她分神了，没有看到子宫在吞食心脏，但是已经太晚了，分娩已经开始了，一切都将重新开始。

这就是她所做的事情，好像他并不存在。任何事她都能做。任何事他都必须要预见；他有一双朝各个方向跳跃的眼睛。最后，他再也记不得右边、下边、上边、左边、南边和西边的区别。阳光能从他的一只耳朵进去，从他的鼻子里出来，而他不会动弹一下。“之前我这个人一直都是胖胖的，普通、强壮、雄心勃勃，感觉思想从我纵横交错的理性中乱哄哄地跑出来，像母鸡一样蹦蹦跳跳、咯咯哒哒。我的大脑被撞伤了，朝小脑摇晃过去，我经常直挺挺地向后跌倒，弄不好会摔碎头骨。我以前渴望结束这些。我非常渴望结束这些的时候，就大声迸出这一串声音跟她说：‘让我们结束这些吧。’”

她没有回答，我气急败坏：我把所有母鸡都赶进一片拥挤的区域里，开心起来，因为感到自己一直都是人；什么都吓不倒我；无论是我忠诚的肌肉力量，还是我的阴茎。我一直都在这里。她会死去的，我会一直拥有我的手和我自己。

好像她听到了我在想什么，她拆开自己，散落成灰，再也找不到她的痕迹了。

当确定他是最后一次回来的时候，我觉得自己该消失了。他会在其他地方等我，我不知道是哪里，在永恒里。当然有二十五种方法去等。我会死去、改变、离开、进入土地或者进入一棵在我身上合起树皮的树里，我会忘记世界或者忘记自己，我也会褪去自己的皮肤或者钻进某个喜欢的东西里，这东西的里面一直吸引着我，比如这只绘有蓝龙的白色中式碗，一个朋友无意中进去了，当时他正在体验催眠，就不敢出来了，因为害怕弄碎自己的陶瓷手脚。我可以通过空间的缝隙或者时间的空洞从里面出来；而我只需要选择离开的方式。方向构成了颤动的星星，它们用桨板搅动我的血液。我能走向高处或者低处，南面北面西面或者东面，未知或者已知，走向绿色的大海或者黄色的大海，走进大地的嘴里或者龙的肚子下，走向洪水或者走向时间的尽头。水和风会我把带到任意某个地方，大陆在我脚下展开它们各种各样的皮肤，我行走在它们的脊背上，那里有斑点、有条纹、有口子，有黄褐色也有黑色，因为有灰色、棕色或者绿色的河流而闪闪发光，我可以把自己的骨头托付给亚马孙雨林或者长江，把四肢托付给尼罗河，我可以回到第一颗卵中或者化为尘灰，我可以参加所有战争，可以登上帆桨战船或者三桅小帆船，可以爬上快帆船的侧面，我足下生翼，可以在上面朝着怀疑的人们炫耀一番，我鞋底灌了铅，可以跟着一群飞行的猎狗在月亮上的原始树林里重重地大踏步前行。最后，我会跟他重逢。但是我才刚刚开始。我从离开一切做起，颇为费力。

后来我回到了房子里。这是我们的房子。

我打开衣橱，我把在生命里经历过的所有裙子都忘在了这里，早年有“中国可丽饼”质地的粉色蜂巢式绉纱裙，从来都没有散发过蜂蜜的味道，我抽动着鼻翼凑上去，那时我的脑袋到了他腰部的高度，现如今有我死掉时的那条裙子。我的裙子蓝得像海，我的身体在这里成长、睡觉、老去；这是一条青春的裙子。我在里面笑。我躺在床上，上面是平稳而安静的天花板。裙子围着我的大腿飘浮、鼓起，大笑起来，在边缘处变深、变绿，在膝盖的高度上泛起泡沫，我穿着大海，轻轻地把绿头发变成海藻。我嫁了人，我还年轻，等待着夜晚。夜晚在城市的另一端，安扎在最后那座父亲等我的房子的露台上。我匆匆赶去。我穿着自己那条宝蓝色的裙子、最漂亮的裙子、像他的胳膊一样将我拥抱的裙子。因为布料不足，母亲就把上身裁剪得挤压着我的胸部，不过裙摆方便跑步。我奔跑着穿过炽热的城市，跑向父亲一伴侣的温柔之水。城市长长的，夜晚短短的，我奔跑着，是一朵发狂的牵牛花，道路在往上走，我骑跨着它们，树木鞭打着冒烟的道路两旁，阳光被祈祷巾包裹、天空铺开地毯。道路筋疲力尽的时候，我到了房子的外墙。白色的门敞开着，蓝色的门不见了，我火热的肉体从白色的那扇走进去，我的灵魂从蓝色的那扇流进去。但是急得忘了形态和界限，我忘了边缘、墙壁、台阶、门厅和其他东西。有人跟我同时来到白色的门前，跨了过去；我没有看见她，这个晒黑了脖子的女人穿着一条太紧、太宽、褪了色的蓝裙子。她撞到我了，用一只能绕我两圈的超长胳膊抓住我的腰，我吓得愣住了，她趁机用一只有力的手扯下我裙子上的一片宝蓝色下摆。

我垂下淹没在恐惧之泪中的眼睛，透过自己订婚时蓝色空间上的裂口看到一条大腿在微弱地抽动着，这条腿又白又老又丑，漂浮在松垮的皮肤里。这是明天的我，而穿着青春裙子的我已经三十岁了，现在我应该会有六十岁，我坐在这最后一个房子的花岗岩露台上。我在自己以前的蓝色裙子里，他在他的花岗岩套装里，我们组成了永恒的一对。然而我受够了死亡的边界，受够了替身们。虽然我是从前时光的公主，是一个死去之神的女儿，主宰着碑文、石头书、海洋裙，可是我并不开心。我想要他来，我抱怨孤独、无聊、失望，我自己也遭到了背叛，和他的母亲一样，我憎恨美丽、尘埃、耐心、激情、对死亡的执念、寂静、灵魂的高贵、身体的匮乏，我感到快乐，因为无论是十岁、三十岁还是六十岁，我都能够说话，因为能够对死亡说去你的去你的去你的。

来吧，他说，我们去监狱，我们两个在一起，没有她没有他们，只有我一个人，我会只有你、只有你，你会在夜里把嘴唇放在我的眼睛上，我会透过墙壁和时间看到你。如果你想要我，我会紧紧抱着你，我们会创造新的故事，如果你不想，我就向你道歉。你会在上面、在下面，而我会在里面。在外面，事物的奥秘会干枯，一代代的人们会在阳光下死气沉沉地涌回到词语上，但是在里面，我们不会再死去。